何建明国家报告精选集

死亡征战

中国援助非洲抗击『埃博拉』纪实

何建明——著

漓江出版社

图书在版编目（C I P）数据

死亡征战：中国援助非洲抗击“埃博拉”纪实 / 何建明著 . -- 桂林 : 漓江出版社 ,2020.4
（何建明国家报告精选集）
ISBN 978-7-5407-8788-2

Ⅰ . ①死… Ⅱ . ①何… Ⅲ . ①报告文学 - 中国 - 当代
Ⅳ . ① I25

中国版本图书馆 CIP 数据核字 (2019) 第 249957 号

SIWANG ZHENGZHAN
ZHONGGUO YUANZHU FEIZHOU KANGJI AIBOLA JISHI
死亡征战——中国援助非洲抗击“埃博拉”纪实
何建明　著

出版人：刘迪才
丛书策划：张谦
责任编辑：辛丽芳
书籍设计：石绍康
责任监印：张璐

漓江出版社有限公司出版发行
广西桂林市南环路 22 号　邮政编码：541002
发行电话：010-85893190　0773-2583322
传真：010-85890870-814　0773-2582200
邮购热线：0773-2583322
电子信箱：ljcbs@163.com
微信公众号：lijiangpress
北京中科印刷有限公司印刷
[北京市通州区工业区 1 号楼 101 号　邮政编码：101118]
开本：690 mm × 960 mm　1/16
印张：14.75　字数：151 千字
2020 年 4 月第 1 版　2020 年 4 月第 1 次印刷
书号：ISBN 978-7-5407-8788-2
定价：35.00 元

作者近影

国家和人民永驻我心

（总序）

或许有的人写作是为了自我，但对我而言，如果纯粹是为了宣泄一点个人的情绪甚至是怨恨的话，这种写作本身就没有多少意义。然而我知道，相当一部分同行并不赞同我的观点，那是他们的事。

作为一名生活在伟大国家和伟大民族中的作家，我的笔力主要用于记述所在时代国家的发展与变化，以及发展与变化过程中的人与事，当然包括他们的决策与实施、成功或失败及其中无限的情感激荡。其实这是一件非常难的事，我们既要面临作品内容真实性的考验，又要抵抗那么多日新月异的新技术、新媒介的挤压，还要去研究和迎合广大读者每天都在变化着的趣味，自然还要抗击来自不同文体的朋友的冷嘲热讽……不是纪实体作家，是不可能经历这么多痛苦和折磨的，因为就像这个世界上的人一直在追求自由那样，真正的自由是其乐无穷的，不能自由者才是最痛苦的。纪实体写作（或说报告文学，或说非虚构写作）除了必须具备其他文体写作共有的功夫，还必须承受采访调查的劳作之苦以及作品出版过程中烦琐、烦人的审查，这些至少让一半以上的小说家、诗人等崩溃，以我 40 余年的经历，可以断定我的同行们的这种命运。设想一下，为了一次采访，一天中要换乘五六种交通工具，行程 20 多个小时,早上还在繁花似锦的京城,深夜竟然到了狗吠狼嚎的深山,你行吗?为了弄清一个事件，被矿主用土枪顶着腰眼以命换素材，你不害怕？为了调查贫困生现象，一年走几十所大学，采访当事人400余位，不烦死你才怪！“非典”袭来，整个北京城都在哭泣时，得天天到病区实地考察疫情，探望患者，体重一下降了30多斤，你敢同行吗？一场灭绝人性的异国大屠杀、一次震惊世界的大爆炸、一地死去十万人的大地震，不仅要去现场，还要去感受血淋淋的死亡，去倾听一个个幸存者的诉说，你受得了吗？然而这些都是我经历过的，都是我创作作品的基本需要，都是我生活和职业的一部分。当然还有许多你想象不到的，比如上午在中南海与国家领导人高谈阔论，下午可能就要在街头与一个流浪汉交朋友；比如今天你兴高采烈地为获得一个有价值的素材而欣喜，明天兴许就收到传票要去应对一场旷日持久的官司……你还会遇到无数件这样的事：当你加班加点、呕心沥血赶出一部得意之作时，无知者和横蛮者的一句“不行”就将你辛辛苦苦搞出来的作品打入十八层地狱……你欲哭无泪，天地不助。这可能还是好的。你还会因为你的激情歌颂而被人误解为是在献媚；而你一次正义的批判，却又会使得一向信任的“上级”从此不再信任，你最终落个“什么都不是”，这就是我所经历的部分酸甜苦辣。

然而，我从来没有后悔过，因为我爱自己的祖国，爱自己的人民，他们就是我的家，就是我的亲人。任何委屈和辛酸，都无法消磨我的热情与意志，消磨我对文学的执着与热爱。虽然有时深感痛苦，但很快就重新振奋精神，投入新的战斗。我常说自己是一名“冲锋的战士”，为了胜利，为了目标，为了任务，为了使命，也为了责任，痛苦和挫伤，甚至是牺牲，都属正常。只要我认为我做的事、写的人、记述的历史是真实的、生动的、精彩的和有用的，那么所有的一切苦累与付出，又何足挂齿？如果读者从我的作品中获得了感动与教化、振奋与激荡，我也就十分欣慰和知足了！

一个有良心的作家，一个有正义感的书写者，一个愿意通过自己的文字影响和改变某些社会现象，助力所在时代与民族进步的思想者，不经历超乎寻常的炼狱般的考验几乎是不可能的。我时常想，如果有一天知道自己的生命行将结束，我要大声地告诉所有活着的人：一个人没有权利不爱自己的国家和人民，既然爱，你就需要努力去奋斗，去为他们呐喊，去为他们讴歌，去为他们倾情——以你特有的方式。

我便是这样一路走来的，还将继续走下去，因为祖国和人民永驻于心，直到天荒地老，这份情常青永鲜。

何建明

2019 年新中国七十年国庆日

目 录/ Contents

妈妈死了，妈妈的亲人也死了，雅尤玛身边的亲人一个个地死去了，但九岁的她却活了下来。在中国医生的手里，雅尤玛挣脱了“必死无疑”的“埃博拉”病毒的侵袭。康复出院那天，眼泪从雅尤玛的大眼睛里流出，她用生硬的中文断断续续地说：“谢谢，谢谢中国医生，你们救了我……”

2014 年春天至 2015 年春天的非洲大地上，数以万计的“雅尤玛”在中国医疗队的拯救下，从死亡线上活了下来。这是发生在两个相隔遥远的大陆之间的故事。

序　“僵尸”复活

人类以为自己很强大，其实在很多时候，人的生命极其脆弱。比如我们遇到比头发细十倍，只有在显微镜里才能看清的那种叫“埃博拉”的病毒时，就几乎没有任何抵御的能力。在非洲丛林和河流丰沛的地区，人类很容易被“埃博拉”缠上，而且防不胜防。这种热带病毒的本事是超级的，一旦它避开可能的防御后，就会将人的骨骼和肌肉之外的任何器官及生命组织都视为进攻对象，且无往而不胜，其侵蚀的手段就像鬼子进村扫荡一样。随后，那些进入人体中的病毒细胞，会很快自我复制并袭击人体的血细胞，使得人体的血细胞开始死亡并凝结在一起。凝结的血块立即堵塞血管，切断人全身的血液供应，接下去那些受感染的器官即刻出现死片，一片片地衰退。这个时候，病毒蛋白质则以不可抗拒的凶残态势，向人体发起全面进攻，势不可当。于是人的全身皮下出血，所有孔窍跟着出血不止，同时皮肤和肌肉的表面膈膜开始炸裂，直至生命停止……如此稀奇且令人毛骨悚然的过程，正是“埃博拉”妖魔得意忘形地灭绝人类的“序幕”。人死了，但“埃博拉”的使命没有结束，它会潜藏在人的尸体中数百小时，其间随尸体的腐烂一次次重生、复强，并等待着更多的“美味”到来。它知道，居住在非洲的人类有个传统：一个人死后，他的亲属和朋友会在其下葬时不停地抚摸死者的身体，而且亲属还要为死者剖腹，取出五脏六腑，这过程恰是潜伏期待之中的“埃博拉”开辟新战场的机会，于是“大兵团”的病毒开始对付芸芸众生。这一刻，我们人类不用说毫无还手之力，就是想躲也躲不过去，结果是一个接一个地死去，而且死相极其恐怖，毫无尊严。

1976 年 9 月下旬，一向非常讲究的传教士马波罗·洛克拉先生的死及其死状便是如此。洛克拉先生是第一位世界公认的有文字记载的“埃博拉”病毒殉命者。他生前追求的体面和尊严，在失去生命的那一刻也丧失殆尽。“眼睛、鼻子、嘴、耳朵，还有肛门、生殖器，全都渗血，皮肤爆裂，四肢萎缩并弯曲……比魔鬼还要可怕。”洛克拉先生的学生这么描述。

死在南苏丹与原扎伊尔（现民主刚果）北部巴姆巴地区一个叫雅布库村庄的洛克拉，其葬礼按当地的风俗举行。他的妻子、母亲、岳母等女性亲属，要为他剖腹清脏，清洗消化道中残留的食物和粪便——据说这样可以清洁地去见上帝。但洛克拉的葬礼才结束几天，他的母亲、妻子、岳母和参加葬礼的 21 个人，一个又一个倒下，并且出现与洛克拉一样的死亡前兆：发烧、呕吐、出血……之后两三天内，一个接一个地死去，一共死亡 18 人，而有身孕的洛克拉的妻子却没有死，可后来发现她腹中的胎儿是死胎。

另一幕因洛克拉先生引发的恐怖景象更为惨烈：在洛克拉发病时曾为其注射的修女比塔也在几天后开始发烧，并在七天内因救治无效而亡。比塔是个善良而热心的修女，村民们平时喜欢与她接触交往，但这一次大家因此付出了代价。接下去的几天时间里，与比塔接触过的几十名村民相继死亡，在他们死前有人被送进医院，可任何药物都无法挽救其生命，结果死亡的人越来越多，致使以雅布库村为中心、半径 50 公里内的 55 个村庄被瘟疫所袭击，397 人死亡。后来当地一家天主教医院的修女们赶紧向政府求救。面对突如其来的“怪病”，当时的扎伊尔政府也束手无策，立即求助美国等西方国家。美国派著名病毒学家卡尔・约翰逊先生组成一个专家团赶赴病毒流行区。然而，让经验老到的约翰逊感到不可思议的是，他根本找不到这一可以在短时间内让人命归西天的病毒的行踪。约翰逊先生站在雅布库村边那条叫埃博拉河的岸头，无法抒发内心的压抑与痛苦。那一刻，约翰逊不禁想起了他祖先在 14 世纪 40 年代因一场黑死病而丧失生命与家园的悲惨情形，那场瘟疫中，共死亡 7500 万人，几乎占欧洲当时人口的一半。约翰逊想到这里，绝望地看着从身边流过的埃博拉河水，无奈地独自流泪……这一夜，他向自己的政府卫生部和世界卫生组织写报告，在报告中他这样形容：“可耻的、无法防止其侵袭的、比当年黑死病更为可怕的‘埃博拉’病毒，将在非洲大地形成对人类威胁最大而且无法控制的灾难。”

“埃博拉”由此成名，并被世界卫生组织列入危及人类安全最高级别的四级病毒（艾滋病和“非典”为三级）。

然而，“埃博拉”的厉害之处并非仅仅因其致命迅速，还因其异常狡猾。它来无影去无踪，暴发之后往往突然销声匿迹，久隐于广袤的非洲密林沼地而不可见。当人类以为它已灭绝时，它又会跃然而出，再发动一场“吃人战争”。

有记录在案：1995 年 4 月，民主刚果基奎特市及周围发生一场“埃博拉”袭击，发病 315 例，死亡 245 例，死亡率约 78%；2000 年 8 月至 2001 年 1 月，在乌干达北部再起“埃博拉”疫情，发病 425 例，死亡 224 例，死亡率约 53%；2002 年 10 月至次年 3 月，刚果共和国发生病例 143 例，死亡 128 例，死亡率约 90%……由此，世界卫生组织给出“埃博拉”病毒（Ebola virus）一个估计：平均死亡率达 88%。

“绝对的恐怖”“有史以来最厉害和不可治的病毒”“人类的绝对杀手”“超级生物杀人器”……“埃博拉”病毒的名气可谓大矣！超过了几乎所有已发现的病毒。

叫人心惊胆战的还有：感染“埃博拉”病毒的死亡者中竟然还不时冒出些令人魂飞魄散的“活死人”。何谓“活死人”？用中国人的话来形容，就是复活的“僵尸”。

在“埃博拉”病毒流行区，据说经常出现可怕的尸体突然跳起来变成“活人”的情形，而且像疯狗一样，张着血口，到处追赶所有动物，尤其是人类，逮住后便拼命撕咬，直到其动弹不得，并传染上病毒，成为另一具“埃博拉”尸体。这绝不是传说或夸大其词，如果你不怕晚上做噩梦的话，可以上网搜索一下，上面有不少“埃博拉”“诈尸”和“活死人”的图片。我只看了两次，就再不敢搜了。你敢吗？以下引用一段利比里亚疫区描述“僵尸体”复活的文字：

致命病毒“埃博拉”仍在疯狂肆虐。近日，亚宁巴县有两名女性感染者死亡后被送去埋葬的途中突然醒来，然后居然窜进村子见人就撕咬，造成当地居民极大恐慌。人们称这种死亡后又活过来的尸体叫“活死人”。据专家讲，“活死人”现象就是由“埃博拉”病毒引起的疾病。患者染上“埃博拉”后，连续高烧，陷入昏迷，而这一症状与临床死亡极为相似，所以有些“埃博拉”患者经常被医院认为已经死亡。但或许几个小时、几天后又突然苏醒过来，并且进入一种极具攻击性的状态。这种意识下的病人，将撕咬所有运动着的动物，包括人类。外人看来，这个“忽然复活的死人”嘴角流着鲜血，眼神呆滞，形象丑陋，完全是一具活脱脱的“吸血鬼”或者“诈尸”。通常在出现这种情况时，人们对“埃博拉”病毒的恐慌加之数倍……

现在，本与非洲大陆远隔万里的中国人竟然也与“埃博拉”有了最亲密的接触。命运如何？这是本书主要叙述的内容——

第一章　死神不请自来

在网络世界中的“世界旅游手册”上，有条醒目的提示这样说：全球 12 个最不值得去的城市，非洲几内亚首都科纳克里位列前茅。有“驴友”如此说：千万别去这个热带病毒会随时送你上西天的地方。不仅如此，那里简直就是一个垃圾场，是座毫无趣味可言的水上鬼城。此外，政变频发，你绝对不知道那里的下一秒会发生什么。远离这个鬼地方是最明智的决定。

如此不值得去的地方，谁也不愿意去的地方，中国援助几内亚的医疗队却已经有 23 批人员曾在那里长期驻扎。

说起“中国援非医疗队”，估计中国乃至世界上很少有人不知，尤其是我们自己。1962 年 7 月 3 日，非洲大国阿尔及利亚人民经过长期艰苦的反法武装斗争赢得胜利而宣布独立，但随之这个刚刚独立的非洲穷国面临法籍医生几乎全部撤离、国民缺医少药的困境。阿尔及利亚政府向世界求救，因为热带非洲病几乎每年都要袭击包括阿尔及利亚在内的许多国家，独立后的人民生命仍然得不到保证。出于国际人道主义和对非洲兄弟的友谊，同样被西方封锁的中国政府，在毛泽东、周恩来的亲自批准下，立即向阿派出医疗队，这个时间是次年的1月，即1963年1月，这是中华人民共和国开创援外医疗队历史的第一个行动。当年我们向阿尔及利亚派出3个医疗队。之后的几十年里，中国政府从未间断过向非洲派遣医疗队，并且至今已向非洲45个国家派过医疗队，几乎覆盖非洲所有主要国家，我医疗队人员超过1.6万人次，使2.6亿非洲人民得到来自遥远中国医疗健康方面的无私援助。今天的非洲大地上，中国医疗队的名声传播到了每个角落，非洲人民就是因为这份感情认识了中国，并合力在1972年将中国“抬进”了联合国。之后几十年里，又在各种国际场合支持中国政府的所作所为。我们现在经常听到的“中非传统友谊”这句话，很大程度上就是指中国医疗队半个多世纪在非洲播下的可歌可泣的友谊与精神。

有位被非洲兄弟称为“光明使者”的中国援非医生叫乔世辉，他在非洲工作了12年，1990年去时，老乔还只有40岁。“那里都比较穷，但病人多。我每天大约要接待100个病人，我们的医生每人都要负责30张病床，工作量巨大。”乔医生这样描述他这12年中所处的工作环境，“我们的病房屋顶通常是漏雨的。到了雨季，就得用大毛巾堵在漏雨处，如果雨水把毛巾浸透了，我们就把它拧干重新换上，再不行就得用自己的毛巾被，甚至是衣裤。常常每天十几个小时就诊，只能喝两瓶矿泉水。”

“12年中，我得过10次疟疾……”乔医生很平常地说出这一数字。

其实，在非洲贫困地区，患上一次疟疾就可能丧失生命。2015 年 10 月 5 日，诺贝尔医学奖颁给了中国的屠呦呦，就是因为她发现了抗疟疾药青蒿素，而她的这一药物被一个个中国援非医疗队带去拯救了数百万的生命，因此人们称屠呦呦是“真正的天使”。

过去我就听过很多关于中国援非医疗队的故事，至今仍然清晰地记着：

广东省派出的援非医疗队是 1971 年第一批到赤道几内亚的。在他们的第六批援非队员中有位叫何贤杰的医生，在工作两年后突发脑溢血，倒在工作岗位上，何医生因此长眠在远离故乡万里的非洲大地。葬礼那天，这个国家的总统夫妇亲自到墓地为逝去的中国医生送行，成千上万人出席葬礼，他们多数是何医生看过病的人。

关于中国援非医疗队的故事可以另著一书。央视 2014 年度感动中国人物榜中，“中国援非医疗队”列入其中，这是 13 亿祖国人民对他们几十年来所做的贡献和在非洲播种友谊与精神的崇高致敬。

我们再把目光落回到那个在“驴友”眼里“最不值得去”的几内亚首都——科纳克里。

去过这个“最不值得去”的几内亚首都的中国人和当地的非洲兄弟姐妹们，尽管可以不认识、不知道这个国家的总统是谁或换了谁，但不会不知道在这座没有几条马路、没有几盏路灯，甚至没有一辆出租车的一国之都的城里有座特别漂亮、每天灯火辉煌的中几友好医院。

“这是我国政府援建的，于 2011 年开业就诊，全院有 300 张病床，在几内亚是最大的综合医院，在非洲也算得上是非常现代化的医疗机构了。”孔晴宇，中几友好医院的中方院长、中国第二十三批援助几内亚医疗队队长。他在国内的身份是北京安贞医院副院长、著名心脑血管专家。

“我们知道‘埃博拉’在几内亚传播应该是2014年3月24日那一天，我记得比较清楚，因为那一天是周一。”孔晴宇说，“周一，医院和我们队里都会开个会，通报一些重要情况。”

这一天，几内亚政府正式向外宣布已经有58例“埃博拉”感染者死亡。“在非洲这样的地方，死几十个人，似乎并没有引起当地人的恐慌，人们依然照常扎堆地唱歌跳舞，他们习惯了身边有人死亡、有人出世，所以当政府宣布一种新的传染病出现时，并没有出现我们想象中的那种恐慌。倒是我们这些经受过‘非典’的中国医疗队队员重视了起来。”孔晴宇回忆说，“那天，我作为中方院长，内心立即紧张起来。因为我听队里的几名医生讲，我们中几友好医院上周接收过的两例病征与‘埃博拉’非常相似。第一例是18日进入我们医院的，第二天就死了。第二天又接收了一位女患者，那女的还有身孕，没过周日那女的又死了。22日又来了一位男性患者，脑出血。当时我们对‘埃博拉’病毒都一无所知。但凭经验——多年前我们安贞医院作为抗‘非典’的主力医院，我立即做出了自己的判断：这事绝不能粗心大意，科纳克里可能已经受到‘埃博拉’袭击，我们医院也就是袭击的第一个目标。那么我们的医生呢？我们的医院有没有人感染上了？当时我最紧张的就是这个……”

孔晴宇回忆起当时的情景，嗓子似乎仍然有些发干。当天开会询问的情况确实令人不寒而栗。

孔晴宇用严厉的目光盯着队友、同是安贞医院的普外科副主任医师曹广："曹广，18日的那例病人是你接诊的，你说说那患者的情况和你们接诊的过程。"

一向不把事情看得特别严重的曹广扫了一眼与自己朝夕相处的十几名队员，最后眼睛对上了队长孔晴宇，说："是。那是个当地人，做生意的，44岁，进来后说是肚子疼，呕吐，看上去不是太厉害。我们初诊后就给他办了入院手续。但第二天就出现了出血现象。这天还是我值班，一早刚到医院，护士就对我说：18床，就是前一天住进的那个商人，说他的情况不好。我就马上进了病房去看。见他在床上躁动不止，翻来覆去十分痛苦的样子，上前一诊，发现患者已经脑出血了。就赶紧让他去做CT。CT马上出了结果，证明他确实已经脑出血。当时对这个病人的病情我还一直纳闷：是啥病呢？晚上听说患者已经没了，死了……"

孔晴宇显得非常恼怒，头也不抬地瞥了一眼另一位负责外勤的队员："你把这个患者死后的情况简单说一下。"

"那……那人死后，被家人拉回了老家。可……可葬礼结束后，几位亲属相继病倒了，并且全部……死了。"

天！中国医疗队队员们紧张得面面相觑。会场一片寂静。

孔晴宇继续追问："曹广，第二例病人的情况呢？"

曹广："那女的？"

"前天也'走'了。"女队员吴素萍帮曹广回答道。她说的"走"，就是死的意思。

队员们的眼睛都瞪圆了。再没有人敢做鬼脸和开玩笑了，包括平时对啥都满不在乎的曹广。

“曹广！”

“哎，孔队，啥事？”曹广被孔晴宇的喝令震了一下。

孔晴宇：“现在我问你，你要认真地回答。”

曹广小心翼翼地说：“明白。”

孔晴宇：“你在给那个商人就诊时，触摸他身体了吗？”

曹广：“那是肯定的。第一天我和盖思姆医生一起去的，患者呕吐时我就在现场……”

孔晴宇立即紧皱眉头，又问：“听说今天你又跟盖思姆为那个刚进来的脑出血患者动手术了？”

曹广：“是。今天动手术时，我们的好朋友盖思姆情绪不高，我还笑他是不是因为前天被人顶替到北京参加一个培训的事影响情绪了。他摇摇头，说是周日发烧了，累的。嘿嘿，我当时还笑盖思姆一定是心里不爽。但就在做手术时，我看到了几内亚政府发出的‘埃博拉’疫情消息，因为我不懂法语，问翻译后我心里咯噔一下，心想：说不准‘埃博拉’已经到了科纳克里，到了我们医院，盖思姆可能也感染了……”

孔晴宇突然不冷不热地问道：“科纳克里？我们医院？盖思姆？那你呢？我们呢？”

中国医疗队队员一听队长的话，全都惊呆了。孔晴宇并没有把“你呢”“我们呢”两个反问说出口，而是用冰冷而严厉的目光扫了队友一眼，特别是曹广和吴素萍。

吴素萍是治疗胃病的内镜专家。18 日进来的那位患者出现严重呕吐时，吴素萍与几方胃镜专家盖达一起为那患者做了胃镜，并且第二天抢救那患者时也在现场。

小会议室里，除了孔晴宇队长的话外，已经听不到其他人的半句话了，大家感觉到的只有彼此的心跳声：紧张呵！

“从现在开始，大家必须高度警惕，绝对不能马虎。在参加就诊时，必须要提前防护，之后要严格清洗……这是纪律，人人都要严格执行，而且相互监督。”孔晴宇最后用异常沉重的口气宣布道。因为眼下谁也不能确定医院连续出现的死者到底是不是“埃博拉”患者。然而，从种种迹象看，“埃博拉”这位具有高超杀人本领的死神已经不请自来了。

“24 日晚上我根本没有睡着觉，因为我基本判断我们医院已经有三例‘埃博拉’患者了，可怕的是这几天里我们谁都没有防范，我们的医生和几方的医生及护士等，也完全可能成为‘埃博拉’的袭击对象。我虽不是传染病专家，可从经历过的‘非典’与有限的关于‘埃博拉’病毒的一些知识来看，一旦确认我们这里的三名患者就是‘埃博拉’病毒感染者的话，那我们医院的所有人等于是处在疫情包围之中。而凭我的经验，当时就基本判断我们接诊的那已经死去的三位就是‘埃博拉’患者。你想想，身为中方医院院长、中国援助几内亚医疗队队长的我，当时的压力之大和内心的紧张程度之高！”孔晴宇如此说。

他的话不无道理。其实后来证明孔晴宇当时的判断完全准确，18日的那位商人患者和怀孕的患者及22日送进的男性患者全是“埃博拉”病毒感染者，而且全部死亡。“当时这三位患者入院和治疗过程中，我们整个医院根本不知也不懂得如何进行‘埃博拉’病毒的防护，尤其是那些参加诊断和治疗的医生，不止一次与患者近距离接触，这意味着他们或许已经被‘埃博拉’病毒感染。如果这几个参加接诊和治疗的医生感染了‘埃博拉’病毒，他们又像平常一样回到大家中间，同吃同住、打打闹闹、搂搂抱抱，这不等于全体人员都处在‘埃博拉’的伏击圈内嘛！一想到这儿，我毛骨悚然，大汗淋漓。晚上，我把在几内亚所处的困境和当时的危急情况向国内的计生委以及安贞医院领导做了汇报，同时也希望他们能够给我们提供些有关‘埃博拉’病毒的基本知识和防治措施……”

这一夜，孔晴宇彻夜未眠。其实另外16名中国医疗队队员也是彻夜未眠。大家都在为两位直接接触过疑似“埃博拉”患者的队友——曹广和吴素萍担忧。在为战友担忧的同时，还重重地存在着另一种更深的忧虑：曹广和吴素萍大夫每天与我们所有的人工作、生活在一起，万一他们患上了“埃博拉”，我们这些人会不会也……

“别瞎想了！想了也没有用！听说这‘埃博拉’比当年我们北京的‘非典’还厉害，死亡率达百分之八九十哟！”

“我才不信！哪那么巧，这‘埃博拉’就悄没声地到了我们这儿？再说，非洲这地方怪病太多，咱接诊的那仨，谁知道是啥病呢！睡睡，明天再说吧！”

这一夜，大家过得都不容易。

这一夜，中几友好医院也过得不容易。22日送进来的男性患者手术后仍然脑出血不止。

这一夜，几内亚整个国家也过得不容易。在前一天公布自己的国家暴发“埃博拉”病毒后，身处病毒原发地的地区似乎并没有人对此重视起来，依然我行我素。政府官员哪里知道，那些处在极度贫困中的国民和患者清楚一件事：一旦自己被怀疑患了“埃博拉”，必定被强行送进医院打上致命的一针，被其他人强行送上“文明的断头台”——当地居民在遇上瘟疫时，饱受了这般“待遇”，因此他们把政府的这种行为称为“文明的断头台”。

面对“埃博拉”，穷人如此，富人则不一样，他们感觉情况不妙，便会不顾一切地想尽办法从四面八方赶到首都，找到最好的医院——中几友好医院，他们知道，在这个国家里，唯一可能拯救他们生命的只有中国帮建的这所医院和中国医生。其实18日曹广等接诊的那个患者，就是这种情况。他本人就是一位有钱的商人，当他在“埃博拉”疫区做生意感觉不舒服时，立即意识到情况不妙，便花大价钱雇人将他弄到中几友好医院，以求不死。两天后，这位有钱的商人确实也见到了中国医生，事实上中国医生也极其负责地救治他。但由于大家都不知道“埃博拉”是咋回事，而且世界上根本没有发明可以阻止这种病毒继续进攻的药物，更不用说治疗了。他的死似乎是注定的。可这仅仅是灾难的开始。他自己的死已经够叫人吃惊的了，关键是他还害死了全家人，而且把最可怕的病毒，从遥远的丛林沼泽地区带到了首都，带到了最易引发传染的首都最好的中几友好医院，带到了原本与这个国家、与“埃博拉”病毒毫不相干的中国人中间……要知道，19个中国医疗队队员后面还有近13亿中国人，13亿中国人中有1.2亿人每天在世界各地与全世界六七十亿人交往着！

孔晴宇平时是个极其冷静的大夫和专家，他是心脏搭桥手术的一流专家，他的承受能力也是一流的。他接受我采访时说过这样的话：“在最危急的时候，身在其中的高明的医生一般是不会恐慌的，越淡定，自己的能力和专业越能发挥好。但2014年3月下旬在科纳克里的那些天里，尤其是刚刚得知自己的队员与‘埃博拉’患者有过亲密接触时，我怎么也平静不下来，尽管表面上在大家面前保持着镇静，内心的焦虑和紧张其实无法形容。”一年多以后，孔晴宇坐在他那狭窄的安贞医院办公室里，这样对我说。

第二天即2014年3月25日，孔晴宇以中方院长和中国援助几内亚医疗队队长名义，召集中几友好医院全院医护人员尤其是中国医疗队队员，宣布：前几天医院收接的“一号”“二号”“三号”是严重的疑似“埃博拉”病毒感染者，从今天起，医院需要进入紧急状态，接诊、收接病人，治疗和后勤等所有环节，必须按照防治“埃博拉”要求执行。

“你们在原地休息。今天就我一个人去医院交班，其他队员全部在自己的房间里，不得外出。更不能擅自到医院外面去，要出去必须向我请假。”孔晴宇对中国医疗队队员下达死命令。

“有点像关禁闭啊！”有队员嘀咕道。

“队长，我还是跟你去吧。”是翻译罗丽在说话。

孔晴宇点点头：“你跟我一起去。”

之所以这样当机立断地做出决定，孔晴宇凭借的是自己的判断和经验，既然“埃博拉”是比“非典”还要高一级的通过相互接触和血液、黏膜、飞沫传染的烈性病毒，在无任何药品可以治疗的情形下，隔断与病毒的接触和尽量让病毒感染源与人之间没有任何联系是唯一的选择，也是无药可治的情况下最好的选择。其实孔晴宇能果断做出这一决定，还与他昨晚和国内不断联系所及时获取的“埃博拉”知识有关。

“但最主要的是我对医院当时已经出现的实际情况和所面临的巨大风险做出的专业判断。”孔晴宇说，“虽然在当天的会上我没有直说已经肯定我们的医院已连续出现‘埃博拉’病毒感染者，但在我心里已经做了肯定。正是这份专业判断之后的肯定，让我第二天正式在全院和中国医疗队面前做出果断决定。要知道，通常情况下，宣布这样的决定，是需要有病毒标本并经专业实验室测验得出结果报告的。可当时的情况已经十万火急，想想：我们不仅连续接收了三个高度疑似的患者，且其中两人已死亡，死亡者中又有一个感染了家人，造成家人倒下一片，这不是典型的‘埃博拉’病毒感染的结果吗？再说，科纳克里虽然落后，但一旦发生严重的传染病毒感染时，人家还是会拼命地往好医院走，从总统到市民，个个都会这样做。而当时我们的医院不仅是首都科纳克里的医疗中心，还是‘埃博拉’病毒传播地，这种危害性太严重太可怕了。何况医院里有我的 18 名队员，科纳克里及几内亚全国还有我数以万计的中国同胞。”

孔晴宇在25日做出的决定，比几内亚政府卫生部部长黑密·拉玛27日正式宣布在中几友好医院死去的那个商人为科纳克里第一例“埃博拉”患者早了两天，但就这短短的两天，用黑密·拉玛部长后来的话来形容，是救了半个科纳克里。这话不无道理，因为“埃博拉”病毒的传染是神速的，如果孔晴宇不在24、25日及时布置医院采取有力措施，中几友好医院这个拥有300张病床、几百位医务工作人员的大型医院，在毫无防备的情况下，与“埃博拉”病毒携带者接触并相互传染，再有每天数百名来医院看病的人与医院的人交叉感染，这些人又回去，或在家里或在城里与其他人再交叉感染，其结果是什么？

战争时，几分钟、几个小时可能决定整个战役的成败；在不可抑制的病毒疫情袭击下，一天、半天的时间同样可以决定数以万计生命的存亡。

孔晴宇功不可没！一年后的2015年9月26日，联合国授予孔晴宇所在的中国援助几内亚第二十三批医疗队“南南合作奖”，表彰他们在几内亚抗击“埃博拉”中做出特别贡献并坚持长达六个月之久的卓越功勋。这个荣誉在中国援非医疗队及援助非洲抗击“埃博拉”的诸多队伍中也是独此一家。

这是后话。

第二章　生死心理战——21 天

这里所说的“他”和“她”，指的是中几友好医院中国医疗队队员专家曹广和内镜专家吴素萍，以及该医院的几方医生盖思姆与女护士长苏玛。

他们四人是好朋友、好同事，几乎每天都在一起上班，而且下班后，曹广还总被盖思姆拉出去喝酒。两人的友情属于“哥们”式的，尽管一中一几两个国家，不同肤色，但盖思姆可不是一般的非洲人，他在中国留学十年，是武汉同济医科大学的博士。作为中几医院的普外主任，盖思姆属于几内亚少有的高端专家。这个年轻人性格开朗，不拘小节，中文又说得好，极有人缘，与中国医疗队队员们关系更不一般。其性格与曹广相近，两人又分别担任医院的普外科主任、副主任，所以 2012 年 8 月，曹广到科纳克里的这所医院后，两人便亲如兄弟，形影不离。

曹广在中国医疗队里，是帅哥一级的人物，加上医术高超，自然容易获得非洲大妈的喜欢。几方女护士长苏玛最喜欢他，经常在他面前念叨自己女儿如何漂亮、性感。曹广一听，吓得双手高举："不，饶了我吧。"苏玛双手叉腰，"气急败坏"地指着"逃亡"而去的曹广，说："你不能看不起我女儿！她是个黑珍珠，非洲最好的黑珍珠！"

有人告诉苏玛："曹大夫有妻子了。"

苏玛满不在乎地立即回应道："这不是问题，我们这里的男人可以娶很多妻子，娶得越多，证明你越有地位。"

于是中国医疗队队员们私下里常拿曹广大夫开玩笑："为了搞好中几两国关系，你可不能得罪苏玛哟！"

只有这个时候，平时啥都不放在心上的曹广才会脸上一阵红一阵白。

吴素萍则不一样，她是属于那种稳重型的女性，只要她站在那儿，那些再调皮捣蛋的病号，也会乖乖地"听之任之"。别说是病号，就是那些同样调皮捣蛋的几方医生，只要吴大夫在场，他们也一定会规矩得多。

"盖达先生，你今天的脸色看上去很不好哟！"就在18日上午，吴素萍与胃镜大夫盖达一起工作时，发现对方体力不佳、精神萎靡，便问。

"几小时之前，医院接诊了一个非常严重的患者，折腾了好几个小时，所以今天感觉特别疲劳……"盖达医生有气无力地回答。

"那今天你多歇歇，有事我来做。"吴素萍关切道。像往常一样，她温馨地去帮助盖达戴好防护手套、整理衣服。

事后，吴素萍和中国医疗队其他队员都知道：盖达说的接诊的那个使他非常疲劳的患者正是医院第一个，也是几内亚首都科纳克里出现的第一例“埃博拉”患者，而且患者第二天就死亡，又造成三名家人死亡。更可怕的是，盖达不日也出现了发热、呕吐等症状，并很快也被确诊是“埃博拉”病毒感染。

与盖达大夫一直在一起工作的吴素萍大夫成了“埃博拉”病毒感染的“重大嫌疑人”！

与此同时，年轻的普外科主任盖思姆大夫也突然发热、呕吐……

“盖思姆，你今天怎么啦，无精打采的？”周一，即24日那天，在手术室里与盖思姆一起工作的曹广，看着反应异常的“哥们”，问。

“没事。”盖思姆轻描淡写地回了一句。这一天盖思姆大夫显得无精打采。

“兄弟，千万别为一点小事烦心啊！机会以后有的是，我来帮你协调。明白吗？”曹广以为盖思姆还在为别人顶替他去北京培训的事生气，便如此安慰道。盖思姆苦笑了一下，没有作声。

但到了周二，盖思姆步盖达后尘，也倒下了，并且在两天后，与盖达一样，被确诊是“埃博拉”病毒感染者。

真是晴天霹雳！

“今天是周二，我们全体队员没有上班，老大（指医疗队队长孔晴宇）和罗丽去交班了。没想到上午又听说普外科收了一个类似的患者，看来在他们意识到问题的严重性之前，我们还是不要去医院了。目前病毒疫情还没有得到控制，是不是还要大流行也不得而知……自己目前感觉还好，但晚上的体温到了36.9℃，头也有点儿沉，哎，希望没事……”这是曹广在2014年3月25日晚写下的日记。

这一夜曹广其实没有睡好，第二天一早，他赶紧先测体温，再偷偷地观察了一下自己的粪便：有些发黑，但感觉好像没有便血。身为医生，他心里有些忐忑：“观察观察再说吧！”

这一天是几内亚官方公布“埃博拉”疫情的第三天。几内亚卫生部门向全世界宣布，截至3月26日，全国共发现疑似“埃博拉”病毒感染者88例，死亡63例。

死亡率相当高啊！几内亚政府对如此严重又无法抑制与防治的“埃博拉”病毒传染疫情束手无策，已经向世界卫生组织求助。与此同时，设在科纳克里城里唯一一所可以检测“埃博拉”病毒标本的东卡医院则忙得喘不过气来，作为技术支持的法国里昂医疗机构迅速向科纳克里派出一个流动化验站，帮助检测“埃博拉”。在当时，要检测“埃博拉”这样特异的传染病毒，必须是具有四级病毒检测设备的实验室，而世界上仅有几个国家有这种设备，法国是其中之一。中国当时尚属这种四级病毒检测实验室的在建国。有了检测标本才能确诊是否是“埃博拉”，有了检测结果方可实施隔离与救治措施。然而，当疫情如狂风骤雨般从天而降时，等检测标本结果出来后再采取应对的办法，恐怕早已失去抑制“埃博拉”病毒传播的最好机会。

中国医疗队正是处在如此危急的时刻。偏偏在此刻，自己队伍里有两名医生与“埃博拉”患者“亲密接触”过。怎么办？

一旦确诊，后果不堪设想。大家又都是医生，谁都清楚结果。

曹广知道自己现在该做什么，不该做什么。“不能让自己击垮自己！更不能让队友们担心！”怀着这样的心情，尽管当晚没有睡好，第二天一早，他仍然装出一副啥事都没有的样子，休息时照旧拿着乒乓球拍准备去打球。

但这回孔晴宇没有放任他：“老曹，你去哪儿呀？”

“噢，是老大啊，我去打球！”曹广回头一看是孔晴宇，回答道。平时队员们都称呼孔晴宇为“老大”，纯粹是一种尊敬和昵称。

“现在跟你说件事。”老大今天神情凝重，“你是专家，不用跟你绕圈子了。现在我们13亿中国人中，你离‘埃博拉’最近，所以要对你实施隔离……”

“没问题。行！”曹广早已料到似的，应了一声后，扭头朝乒乓球室跑。

“哎哎，老曹你回来！”

“怎么啦？”

孔晴宇离曹广有两三米远，招招手，口气变了：“你不能乱跑了。现在就隔离！”

曹广一愣，立即佯装轻松地说：“好好，我服从，服从。”说着，又调皮地上前要去握老大的手。

“别别，从现在开始，你可不要随便跟人握手什么的……”孔晴宇认真地说。

“这么无情？”曹广半真半假地盯着自己的老同事、老队友、中国医疗队的老大，想寻找答案。

孔晴宇忍不住笑了，他太了解这位得力干将和老友的性格了。然而此刻，孔晴宇作为远离祖国万里的中国医疗队队长，责任重如泰山，他绝不希望自己的队员出现任何闪失。孔晴宇想起了两年前他带这支队伍离开北京时，曹广的妻子丁汶曾悄悄地跟他说过一句话：“孔头，曹广这人啥事都不放心上，你对他管严点，我可把他交给你了！”是啊，18个队员，他们的家人几乎都悄悄地跟孔晴宇说过这样的话。在几内亚的日子里，孔晴宇几乎每天都在心上扛着这18个家庭的重托，千小心，万注意。偏偏现在遇上了要命的“埃博拉”！偏偏又让曹广这家伙赶上了！想到这里，孔晴宇眼里有些发潮。

“哎，放心，我回自己的房间！”倒是曹广用胳膊肘捅了捅孔晴宇。已经远出十几米的他，回头又添一句，“再见，亲爱的老大——我没接触你，是用胳膊肘跟你招呼的。”

战友的身影消失了。孔晴宇站在原地良久。

我们再来说说另一位需要马上隔离的中国医疗队女队员吴素萍。

“吴素萍可不像曹广那样啥都不当回事，她又是一个女同志，平时就极为胆小。我记得有一年回国探亲的途中，我们一起在巴黎机场转机，因为一同走的人先上了摆渡巴士，吴素萍晚了一步，当时我就看见她脸色煞白。这么个胆小的人，现在我们要向她宣布她是严重的疑似‘埃博拉’病毒感染者，那还不吓瘫她呀！我一想，不行，绝不能光我一个人去向她宣布，得找个人，找个女同志，这样一旦吴素萍出现啥情况，好有人去扶她起来呀！”孔晴宇回忆当初的情景。

但事情完全出乎意料。当孔晴宇带着队上全副武装的女干部刘小丽一同去向吴素萍宣布隔离命令时，想象中立马会瘫下或哭出来的吴素萍竟然极其平静地对孔晴宇说："队长你放心，我一定服从隔离，马上就去。"说着，轻轻地转过身子，朝自己的宿舍走去，像什么事都没有发生似的。

望着队友纤弱但又无比坚强的身影渐渐远去，铁骨铮铮的孔晴宇在那一刻双眼湿润了……

接下去的日子并不好过。"每天、每时，我都在关注着他俩的身体情况，要求他们一天报告五次以上的体温测试结果。两人的体温报告在当时既是我们医疗队上最重要的报告，也是我国驻几内亚大使馆向北京方面报告的重要情报，它牵动着祖国人民对我们身处非洲大陆的数十支医疗队的关注与关心。我们真不敢有一丝马虎和闪失。"孔晴宇说，在曹广和吴素萍被隔离的日子里，一日三餐，他和刘小丽几乎天天都亲自给隔离者送餐。"一是让他们放下紧张情绪，二是监督他们按要求保养身体、蓄存体力，这从医学角度讲非常重要。没有强健的身体，不可能抵御'埃博拉'这类高强度病毒的侵袭。"孔晴宇小心翼翼地观察、分析自己战友的每一个细微的变化，哪怕是说话的语气和腔调，更不用说直接决定是否确诊"埃博拉"病毒感染的体温了。

"那些日子，几内亚备受熬煎，我们所在的医院备受熬煎，我们两位被隔离的队友备受熬煎，我们医疗队的全体队员也跟着备受熬煎。"孔晴宇说。

这是与死神较量的煎熬，这是意志和情感的熬煎，非亲历者无法体验也无法想象。

曹广在到几内亚工作后就开始有了记日记的习惯，用他自己的话说，那一段“隔离日记”差点成了他的“遗书”。我们不妨选些内容，看看我医疗队队员用生命抗击“埃博拉”的真实心路——

2014 年 3 月 27 日

今天周四，自己感觉不错，昨天睡觉还好，早上体温 36.1℃。三餐都还有胃口，大小便正常。头稍微有点迷糊，似乎也是正常感觉，下午还打了乒乓球，体力如常。不过下午收到坏消息，Gassimou（盖思姆）和 Gaolie（高利）还有我们科里的护士被隔离观察，而且 Gassimou 还有些不舒服，Gaolie 也被东卡医院留观。我也只好隔离观察。

中方人员已经接到通知严禁去往中几友好医院。如有突发高烧、头痛等疑似症状，请在采取严格防护措施的前提下将患者送往东卡医院进行排查，不要直接送去医疗队驻地。严格控制当地人进入中方人员生活驻地。关键是科纳克里那个死亡病人我曾经接触过，好在接触很少，这让我感觉好点儿。今天晚上队委会开会，正式决定将我隔离观察，唉，在这里还要经历一次传染病，真是麻烦。好在今天我还没有什么不舒服，希望自己能安全度过观察期。

2014 年 3 月 28 日

今天天气很好，也是我正式隔离观察的第一天。先回顾一下新闻：根据几内亚新闻网的最新消息，科纳克里地区确诊4例“埃博拉”感染患者，目前在东卡医院接受隔离治疗。当地记者联系了几内亚卫生部部长黑密·拉玛，他给出如下解释：这4例患者来自同一个家庭，他们的哥哥3月18日病逝，根据当地风俗，他们把哥哥带回老家村落安葬，村落的名字叫作Dinguiraye（丁吉拉耶）。在葬礼结束后，其中一人表现出了一些“埃博拉”的症状，于是他来到科纳克里就诊，第二天该病人死亡……哎呀，那个死亡的病人就是我查体的病人，好在只是翻动了一下他的眼皮，没有更多的接触。不过，之后跟Gassimou接触了好几天，病房也每天都去，所以在昨晚正式接到确诊通知后，我也被要求安全隔离观察，队里也做了相关部署。首先改变帮厨制度，全部由其他五名队委担当，我的饭由队长送来。外出严格控制，周末外出购物限定地点。门诊看病暂停，医疗队作为疫区暂时关闭。医疗和生活物资严格管理，减少浪费及交叉感染。今天我给Gaolie打电话，他说他在东卡医院，感觉乏力，Gassimou、Naite（耐特）和Camara（卡马拉）也在这里隔离观察，似乎还没有出现特别严重的症状，但都有乏力、头痛等症状，还要继续观察。我今天感觉还好，头略痛，但似乎以前也会有这种感觉，体力、体温都没有问题。早上体温36.6℃。既然隔离，就好好休息，我把钥匙也交给了队长，买菜也暂定为车昊和老大两个人。上午我把家里好好擦了两遍，也是好久没擦地了，正好用消毒粉清洗一下。早上我吃了牛奶、鸡蛋，老大还给我拿了一个大花卷，但我没吃，喂鸡了。下午走走路，看看盘，也挺无聊。休息吧，终于没人找我干活了，好好清闲几天……

几内亚新闻网最新消息：截至 3 月 27 日，几内亚共发现 103 例疑似病例，死亡 66 例。几政府显然已经清楚如此突发而高死亡率的“埃博拉”病毒传染将对整个国家人民的生命安全带来巨大危险，但仅凭自己的能力，只能坐以待毙。

疫情显然势不可当。

2014 年 3 月 29 日

今天是周六。早上体温 36.2℃，应该没什么大问题了。据说 Gassimou 他们几个的病情也有所缓解，但愿老天保佑吧。不过今天那个胃镜室大夫的报告是阳性，完了，我估计 Gassimou 也危险了，我也没准。今天晚上体温 36.9℃，头有点沉，但没什么其他不适。再观察看看吧。今天已经宣布吴老师和我一起隔离观察，看看吧。他们几个不知道能不能挺过去。

3 月 28 日，几政府宣布，全国共有 111 名疑似患者，死亡 70 例。

2014年3月30日

今天是周日。自己感觉良好，早上没有不适。饮食大便都正常。据说Gassimou他们几个的症状也有所好转，看来问题不大了。那个胃镜室的医生已经转到东卡医院就诊，希望也没有事。目前距离接触患者已经13天，希望没有事。现在也没有什么自己可做的，等着就行了。下午高参还打了电话给我，问了一下我的情况，如实说吧，也应该没什么事……

今天我吃的也还不错，中午大虾、菜花、豆角、米饭，晚上吃的炸鸡翅、扒尖椒、炒芹菜、馒头。水果今天吃了一块菠萝、一个苹果、两根香蕉、两个橙子。喝掉两瓶水。要说也不少了。这一天我在外面活动了两次，做做自己编的广播操，挺好。

2014年3月31日，隔离的曹广大夫感觉依然不错，日记中这样说："大小便也都正常。希望没事吧。"但外面的情况则越来越不妙。疫情暴发以来，几内亚总统第一次在国家电视台（RTG）晚上8点30分的《新闻节目》中发表讲话，对死难者表示哀悼，也对多个国际组织和国家给予几内亚的帮助表示了感谢，并宣布自"埃博拉"疫情暴发至当日，全几内亚共有116例患者，其中72人死亡。这说明，几内亚的疫情已十分严重，到了全国动员的地步。

这一天，曹广在手机里收到了中国驻几内亚使馆参赞高铁峰激动人心的短信："亲爱的同志们，同胞们：大家好，天佑我中华儿女健康平安！同胞们，战友们，不怕！加油！在一起，在一起，我们同舟共济！在一起，在一起，我们坚持到底！在一起，在一起，我们共渡难关！在一起，在一起，我们奔向胜利！亲爱的同志们，同胞们：一声声平安报来，一颗颗悬着的困乏的心慢慢平静下来，一股股暖流温暖全身。团结就是力量，大家可以更加从容地应对眼下的危难，坚持，不怕，我们的心在一起，共同期待胜利的曙光。人不经事不长大，年轻的小伙子们、姑娘们，磨难让大家更加坚强，艰苦的环境增进我们之间的感情……”

看了高铁峰参赞并不太“艺术”的短信，曹广微微一笑，内心泛起阵阵激动之情。他感到并不孤独，他知道身后有伟大的祖国，有 13 亿亲人。需要补充一句的是：当时曹广和吴素萍的体温报告，连国内的计生委领导都是知道的。远在万里之外的祖国每天也在关注这两位专家的身体，显然既是对他俩的关心，也是对整个突如其来的疫情的高度重视。中国吃过“非典”的亏，再不能吃比“非典”更厉害的“埃博拉”病毒的侵袭的亏了。

曹广想到自己的家，内心显然无法平静。两年前赴非洲时，家里人就不怎么赞成，但这是国家的任务，“国际主义义务”，最后还是同当医生的老岳父开口才把家里的“矛盾”化解掉。此次几内亚疫情暴发，曹广当然不能瞒着妻子丁汶。“你也是医生，该知道它的严重性。不过你无论如何不能透露给我父母，他们哪能扛得住嘛！”小两口在电话和短信里一直为如何向老人“保密”密谋了好些细节。妻子丁汶是中医院的大夫，当年“非典”时与曹广一起奋战在第一线，颇有经验。尽管如此，她仍担心远在非洲的丈夫。

“不管有多困难，你必须第一时间、原原本本地把情况告诉我！听到没有？求求你了……”异常坚强的她，说着说着就忍不住哭泣起来，乞求丈夫。

“没事。我说没事就是没事嘛！”曹广嘴里说得依旧轻松，但眼里已经噙满了泪水。

“那种在生与死门槛上等待‘判决’的滋味，只有经历过的人才知道。”事后，他这样对我说。

我们再来看他当时原汁原味的日记：

2014 年 4 月 2 日

今天早上起来感觉如常，身体还是挺轻松，测体温 36.2℃，不过一会儿就会升到 36.4℃，下午就都在 36.7℃。每天都差不多。昨天姥姥他们肯定坐卧不安了，给丁汶打了好几个电话，也是担心得要命。我老娘就没敢告诉她，还让我注意别乱摸病人呢，呵呵，还好她不知道，要不然得给老娘急坏了。这段隔离的日子让我感触很多，昨天安贞医院跟我们视频，以后如果能记着我曾为医院担当过这么一件事，也就可以了。再多的要求又有什么用呢？好在我有心疼我的老婆，还有老姐和老娘，这就足够了。哥们儿的问候也不少，这就可以了。这件事也告诉我：对人，尤其是对那些努力工作的人，无论你对他多关注或者多不关注，他可能都不会在意，但他的心里会特别感激你的关注，至少我是这样。希望我自己能平安渡过此难，这件事对我将来的处事也会大有帮助。还有今天最坏的消息就是我的搭档 Gassimou 昨天突然死亡了，这消息让我非常震惊，我不敢告诉自己的家人，不希望他们再担心了。生死有命吧……但 Gassimou 的死让我疑虑重重，怎么他这么快就没了呢？难道真是思想负担过重造成的？前几天听说他不吃东西，还拔针头，真的是故意的？不是疾病造成的精神症状？可我有些不相信，他是医生，是一个见惯生死的人，怎么会这么脆弱？希望我的好搭档能在安拉那里得到安息。唉，这个工作狂还有好多想法没有实现，真替他惋惜。

盖思姆的去世，对整个中几友好医院来说是个特别沉重的打击，对中方医疗队的冲击也是空前的，这是因为盖思姆不仅人缘好，而且医术在几内亚也是一流的，像他这样有中国留学背景的医学专家，非洲太需要了！盖思姆与中国医疗队的关系自不用说，有他的存在，中国医疗队等于有了通往非洲人民和患者的一座坚实的桥梁，不用任何担心。

“他是工作狂，平时不知道休息，不知道保护自己。2011 年从中国留学回国后，就立志要为自己的同胞服务。在我们中几友好医院，他是几方中工作表现最让人敬佩的一个，有时做手术，一天甚至几天不见他休息。这回不幸传染上了‘埃博拉’，宣布隔离后，盖思姆一直不相信，也不愿意，情绪十分抵触，有同事帮他注射，竟然被他拔掉针管。他说他相信自己不会被感染，最要命的是他已经感染后仍然坚持要上班给病人看病。盖思姆很情绪化，平时也有这个毛病。可这回他遇上的是无法遏制的‘埃博拉’病毒，他因此丧失了年轻的宝贵生命。”孔晴宇院长讲起盖思姆时，非常动情与沉重，“我记得非常清楚。3 月 27 日对盖思姆隔离后，他就非常抵触，一个上午都在跟医院的人吵吵嚷嚷。我最后见他，是在这天中午。那时我正陪《人民日报》的两名记者采访医院几方院长卡马拉先生，这时已经被宣布隔离的盖思姆突然破门而入，很情绪化地责问院长为什么不让他工作。我赶紧举手，示意我们现在有事，可否一会儿再说。盖思姆平时对我和我们中国医疗队专家十分尊重，他看了我一眼，就退出去关上了门。我朝他挥了挥手。没想到这是我最后一次与盖思姆挥手。4 月 1 日下午 2 点 47 分盖思姆被‘埃博拉’病毒夺去了年轻的生命……”

“他不该走。安拉会在另一个世界保护他的……”医院内的许多病号都为盖思姆的去世感到惋惜，纷纷为他祈祷。

几内亚的“埃博拉”疫情继续蔓延，且防控形势越来越严峻。周边国家甚至采取关闭与几内亚的陆路边境和停飞航班的措施。更多国家先后也宣布了禁止自己的公民到几内亚旅游，据传美国和世界卫生组织也在考虑限制公民到几内亚旅游……总之，几内亚成了一个恐怖之地，谁也不想在此刻接近它。

截至 4 月 2 日，几内亚全境感染“埃博拉”病毒 137 例，86 人死亡。

4 月 3 日的疫情更加严峻，疑似人数和死亡人数持续增长。到 4 月 4 日，首都科纳克里的感染人数发生了巨大变化，死亡人数也急剧上升。值得关注的是，几内亚邻国利比里亚也已经出现了 7 名“埃博拉”死亡者。另一个邻国马里也报告说发现 3 例疑似“埃博拉”感染者。

“几内亚必须举国行动起来！”“几内亚必须对这场致命的瘟疫负起责任！”非洲兄弟们开始紧张和愤怒起来，并将矛头指向“埃博拉”发源国。公平地说，不是几内亚不努力，而是它实在太穷、太落后，一个国家找不出几个医生。像中几友好医院这样的一流医院，在“埃博拉”病毒袭击的第一时间，盖思姆等一批优秀的几籍医疗专家，都冲锋在第一线，而且多半牺牲在拯救同胞的岗位上，其精神令人敬佩。他们中间多数还都是到过中国学习的留学生。在这场意外的病毒侵袭中，他们死得悲壮，也死得格外令人惋惜。

在邻国和国际社会的强大压力下，几内亚政府确实也没少下力气。一方面他们在国际社会的支持下，加大预防的宣传力度，落实各项预防措施，要求本国民众避免加工和食用野生动物，疫区居民减少流动；无论何种原因引起的死亡，死者尸首一律就地处理；同时保持镇定，不信谣，不传谣，配合政府和国际组织做好疾病控制。首都科纳克里市还号召市民自 4 月 5 日至 6 月 5 日的两个月内，每逢周六举行全市卫生大扫除，清除垃圾，减少疾病传播的途径，试图通过“人民战争”来遏制疫情。几内亚机场也安装了体温检测仪，所有旅客出发时须填写健康表。检测体温超过 38℃的旅客将被带到隔离诊室；旅客与病毒感染者有过接触的，接受抽血检测；检测为阳性的，将被送往东卡医院隔离。所有这些做法，让人联想起当年中国“非典”时期我们所采取的一项项措施。而这些，其实就是孔晴宇他们中国医疗队一直在帮助当地卫生机构和政府部门所出的点子与招数。“当年在‘非典’时我们就这么做，管用。”中国专家们的经验给了几内亚同行最有效的帮助。

然而，此刻的“埃博拉”病毒如同一个吃人的幽灵，借着人类束手无策的机会，从几内亚向外扩张，并且形成越来越强大的态势，等待向人类发起更大规模的绝杀……

就在这“山雨欲来风满楼”的时刻，身处暴风骤雨中心的中几友好医院的两位在生死门槛等待“判决”的中国医生，迎来了他们的分界岭——距离接触患者21天的最后时间。

“明天，明天，他们就到21天的期限了！”孔晴宇的脸上终于露出久未见到的笑意。

“明天就是21天了！这是他的第二个生命诞生日，我们要给他过生日！”北京，曹广家，妻子丁汶这一天是最兴高采烈的一个，她特意从街上买了一个超大蛋糕。拿回家后，儿子奇怪地问:“妈，今天是什么日子？我的生日还没到，你的生日好像也不是呀，为什么买这么大的生日蛋糕？”丁汶一下抱住儿子，在他颊上狂吻了一口，说:“今天是你爸爸的生日！我们一起为他庆祝！”

“不对呀，爸爸的生日不是今天！”儿子摇头。

丁汶又捧起儿子的脸，认真地告诉他:“你爸爸在非洲差点被可恨的‘埃博拉’夺走生命……但现在他已经没事了，明天他就可以从隔离室出来了！所以今晚我们全家要为他庆祝获得新生！”

“妈——你别吓唬我啊！”12岁的儿子一听这个，突然大哭起来，“学校的同学们都说，‘埃博拉’是魔鬼，谁得了谁就要死的呀！爸爸是得了‘埃博拉’呀？啊，爸爸现在咋样了？快让我跟爸爸说话，让我跟他说话……”

“好儿子，你爸爸已经没事了！”任凭妈妈如何解释，儿子抢过手机，一定要立即跟远在万里之外的爸爸通话。

久别的父子俩终于远隔重洋通上了话——

“爸爸，你咋样了？你还好吗？你咋不告诉我，你……”儿子一边哭一边说。

“没事，没事，爸爸挺好的，啥事都没有！你听，我不是很好吗？别哭了，别哭了！你不是常说爸爸是到非洲履行国际主义去了，像白求恩一样伟大吗？爸爸现在有点像白求恩了！你应该高兴，应该在同学面前显摆显摆！”

“嗯。爸爸你早点回家啊！”儿子许久才止住哭泣，并告诉爸爸，“我和妈妈，还有姥姥、姥爷、爷爷、奶奶……全家都在给你点蜡烛，祝你生日快乐！”

“谢谢儿子……”

“祝你生日快乐！祝你生日快乐……”在电脑视频里，曹广清晰地看到全家人聚在大蛋糕前，一起为他唱生日祝福歌。那一幕，让曹广泪流满面，泣不成声。

“谢谢。谢谢你们，谢谢……”

下面是他解除隔离当天的日记：

2014年4月7日

今天对我来说是一个崭新的开始，是一个好日子。到今天为止，我距离接触那名患者已经满21天，最长隔离观察期已到。这21天，本人没有发热，身体也无特殊不适，看来那个病人对我的威胁已经差不多没有了。今天的心情也因为第一个21天结束而感到非常愉快。自己真的已经躲过一劫，天空都显得格外晴朗。坏消息又来了，昨天病情通报上，我们那名在东卡医院被隔离的放射科医生去世了，这是我们医院第三名医护人员因此死亡，而且都和同一位患者有关。他可能是在为患者做检查时感染了病毒。唉，人的生命要说也真是脆弱，这个病人据我所知至少已经造成8人死亡，多么可怕的病毒。安拉保佑他们吧！在这21天里，我失去了两名和我朝夕相处的同事，每当想起他们，还是让我感到难过，甚至依然不愿相信这是真的。前几天还在一起工作说笑，今天就已经阴阳两隔，而夺走他们生命的地方就是我们的工作岗位，那个让我们为它不断努力进取的地方。这是不是有点太不公平了呢？……

队友能平安无事地从隔离室走出来，这对援助几内亚的中国医疗队来说，无疑是一个伟大胜利。孔晴宇和其他队员，以最高的礼仪迎接他们的队友曹广和吴素萍。其实所谓的“最高礼仪”，就是孔晴宇要求的“所有队员必须穿上最漂亮的衣服”，除此以外就是一顿外加了几道菜的美餐和一个热烈的拥抱——这时的拥抱，意味着他们彼此不再担心有“埃博拉”的危险，证明他们又一起站在与“埃博拉”决战的同一条火线上……

“生的伟大，死的光荣。”不知谁在此时大声念起了毛泽东的那句经典的话。于是在整个中国医疗队的小会议室里，一片“生的伟大，死的光荣”的口号声在向全世界宣告：中国医疗队不惧“埃博拉”，他们会永远以友好的中国人民名义，与兄弟的非洲人民站在一起，直到击退“埃博拉”！

我们每天生活在平静而安逸的日子里，无法想象当时远在非洲疫情风口浪尖的孔晴宇他们对生活和生命的理解，也想象不出曹广和吴素萍他们那种被死神拥抱了几十天又平安回到现实的心境是怎样的，但这些人的体会是切肤和刻骨铭心的。

自己的队员从死神那里值得庆幸地回来了，可还有一个个往日每天战斗、生活在一起的几籍医生被夺走了宝贵生命。

“与盖思姆同样被夺去生命的神经内科主任西业卡也是一位特别优秀的医生，他是我们中几友好医院的工会负责人，能言善辩，思维敏捷。西业卡特别爱喝中国绿茶，经常到我这里‘蹭’点绿茶。他在我们的延边医学院留学过，说一口中国北方口音的普通话，对我们中国的人情世故也了然于心，所以中国医疗队队员们特别喜欢他。西业卡本人并没有直接接触医院接治的一、二、三号‘埃博拉’病毒患者，但他在医院连续几位医生感染后全身心投入对他们的抢救，结果也不幸感染上了病毒。他是在盖思姆去世后的第十天突发严重症状，五天后便死亡。他是又一位我们眼睁睁地看着从我们面前离开的几内亚好医生、一条战壕里的战友。西业卡才 45 岁，得病前他还有些不好意思地问我有没有绿茶，还没等我给他送去茶叶，他就再没有机会跟我聊上几句，一起品一杯飘香的绿茶……”孔晴宇不无感慨地回忆起这些他所熟悉的中几友好医院的几方医生，脸上充满伤感。

是的，我知道这个中几友好医院在第一例“埃博拉”病毒感染者出现之后，有 6 名医务工作者献出了宝贵的生命……而这，仅仅是几内亚“埃博拉”病毒疫情所带来的灾难的开始，即使在中几友好医院，残酷的战斗同样也是刚刚拉开序幕——

按照原定的计划，中国援非医疗队分期分批从国内抽调各个医院相关人员组成并且不能出现“空档”，也就是说，不管被援助国发生了什么情况，除非政府与政府之间另有“紧急协商”，后一个中国医疗队必须及时来接班。

接替孔晴宇他们的新一支援助几内亚的医疗队是北京友谊医院的医生和专家，领队的是该院副院长王振常。

采访王振常时，他的开场白就带着几分“悲壮”：“如果说孔晴宇他们的团队在几内亚与‘埃博拉’是一场遭遇战，打得很意外，也很惨烈；那么我们北京友谊医院派出的医疗队则在几内亚与‘埃博拉’进行了一场肉搏战、持久战……”

可不，王振常和他的医疗队是 2014 年 8 月 16 日到的几内亚。那个时候，整个西非完全处于一片混乱状态，“埃博拉”疫情已经失控，全世界都因“埃博拉”超高的死亡率而惊恐。

“其实在我们出国前一个来月时，就已经听说非洲那边的中国人、中资企业都在往回撤。因此我们友谊医院这个援非医疗队由原来动员大家‘不怕苦’，变成激励队员们要‘不怕死’了！”王振常说。

是啊，一字之差，完全是两种结局与命运。再苦，咬咬牙也能够过去。死就完全不一样了。虽然人固有一死，但真让谁去经历“死”，情况就不那么简单了。更何况，此回远足非洲去为他国他人而死，何其唐突与意外！

这就是中国和中国人民对非洲兄弟与非洲国家的那份特殊友谊了。

越是在困难的时候，中国和中国人民越是与非洲和非洲兄弟站在一起。尽管“埃博拉”疫情前所未有的严重，且死亡率极高，但中国援助了非洲几十年的医疗队不能中断，绝对不能中断，尤其是在此刻——“埃博拉”疯狂袭击的2014年夏季。

“原来我们医疗队共去19个队员，后来做了临时调整，先去了10个，加配其他部门的3名应急专家随队前往。其余9人是在10月24日到几内亚首都科纳克里与我们会合的。”王振常介绍，“出发之前，我们全队每个队员都写了遗书，是做了死的准备的。”

医疗队所有的人员都是第一次到几内亚。队员林海有这样一段文字描写：“几内亚地处赤道附近、大西洋的东岸，几乎从未有过台风、地震，也鲜有其他的自然灾害，地理位置和自然环境都十分优越，但由于经济不发达、国家落后，城市几乎没有规划和管理。在科纳克里，一点儿都找不到国家首都的感觉。市里少有高楼大厦和像样的现代化社区，大量简陋的棚户，路边开放的排水沟流淌着污水，城市到处堆积着垃圾，道路破旧，坑洼不平。路上跑着大量欧美运来的本该报废的汽车，车体残破，很多没有大灯、后视镜，甚至车窗玻璃也残缺不全，粘贴着塑料布，但只要还能动就会在街上奔驰。交通状况要用“可怕”来形容，其拥堵更甚于北京。这里的人生活虽然贫困，却有着难以理解的幸福感。大多数人似乎整天都没啥工作，聚集在街边无所事事，感受不到一点点的压力，脸上洋溢着不知从何而来的喜悦。这是几内亚给我最初的感受。”

“谁没有家人亲人啊！在我们到了几内亚后，没多久就到中秋节了。队员们白天忙碌一整天后，晚上围在一起，躺在地上，遥望明月，一边聊，一边说，聊着聊着，说着说着，全都哭了起来。这份思念祖国、思念故乡、思念亲人之苦，只有身临‘埃博拉’死亡边缘方能真切体味。想起那一幕，我今天依然会眼睛发湿……”王振常忍不住拭泪。

友谊医院的医疗队员们可谓是真正的“中国友谊使者”。面对越来越猖獗的“埃博拉”，非洲本地人节节败退，别国人员纷纷后撤，唯有王振常他们这些中国医疗队队员继续向前冲。“我们不像后来去的应急医疗队那样，根本不能穿防护服，就戴普通的口罩、手套。几内亚全是黑人，他们爱跟你拥抱，我们不能表现出不热情、不友好，这就很麻烦，很危险，但你丝毫不能退缩呀！所以我们可以说是用身体作为盾牌在跟‘埃博拉’决战的！”王振常介绍道，“我们到那里的任务，基本上分为三大块：一是负责他们国家的总统保健，二是为中资企业人员看病，三是为国家提供‘埃博拉’病毒传染疫情情报与分析。这三项任务都很艰巨，在‘埃博拉’暴发期，总统府的安全都成问题。最直接的工作是为中资企业和中方人员看病治病，这是我们的重要任务之一。自己的同胞，在那里有的是帮助几内亚建设的，有的是做生意的，不管哪一种性质的人，都是我们的同胞，他们的生命安危全由我们来负责，这个任务极其繁重，也相当艰巨复杂。比如我们要负责的那个叫凯乐塔水电站的工地，中方人员就达500多人，工人们本来在那里干活很辛苦，现在又遇到了‘埃博拉’病毒疫情袭击，还有其他多种热带传染病，他们有病有灾，我们不帮他们，他们还能有活路吗？为了这些同胞，我们每天要来回开五六个小时的路程，一到就得跟工人和当地非洲黑人混在一起，你不清楚谁可能是‘埃博拉’病毒感染者，因此去一次，就可能是一次赴汤蹈火，但我们全队人员没有一个后退的……”王振常的每一段叙述都一往情深。

“我们自己病了，发高烧了，一下子也不能诊断到底是普通热烧还是‘埃博拉’病毒传染时，我们的心、我们的魂，都不知丢了多少回……”王振常一次次痛苦地低下头颅，声音低得抽丝似的，却如阵阵洪钟般在我胸膛振荡。

“可我们在那里整整一年半时间，何止仅仅做这些。”他说，“大伙儿一定得记着自己的身份：我们是中国医疗队，是北京友谊医院派出的中国友谊使者，我们既然来到了非洲，就该为非洲人民做力所能及的事，播下友谊的种子。所以只要有时间，只要有可能，我们就出去为当地学校、为百姓服务。看到上学的孩子缺衣少学习用品，我们就捐款为他们添置衣物书包，还给孩子们盖了一个食堂。我们医疗队的党员同志还捐款去慰问那些不幸被‘埃博拉’病毒传染而身亡的中几友好医院几方医务人员的家属，其中有孔院长他们之前提到的盖思姆的妻子。当时盖思姆的妻子刚刚生下盖思姆的遗腹子，见我们如此真诚地帮助她一家，她感动得热泪盈眶，连声叫‘中国医生好’‘中国好’。”

友谊医院派往几内亚的这支医疗队，他们在几乎无援的条件下，在几内亚“埃博拉”疫情最严重的日子里，孤军奋战，为当地培训抗击“埃博拉”专业防护人员1600多人，而这1600多人后来在几内亚抗击“埃博拉”的整个战斗中，做出了不可磨灭的特殊贡献。

“这是我们最引以为自豪的。”王振常的脸上有了笑容。他说：“到了2014年下半年和2015年整个一年中，我们这支医疗队在当地是非常出名了。我们每到一处，那里的百姓，不管男女老少，都像待亲人一样对我们。用他们的话说，只要看到穿中国五星红旗背心的人来了，他们就觉得自己的生命有了希望、有了保障，他们称我们中国医疗队是他们的‘保护神’！”

转眼一年半时间，在几内亚的日子让北京友谊医院的19位医务人员感到格外难舍。与“埃博拉”的这场生死持久战，不仅没有吓倒他们，反而让他们对这个国家、这片土地产生了特殊感情——

想想刚来这里时“埃博拉”疫情正盛，现在虽未消灭但已渐趋尾声。我们已没有了初来时的惶惶不安，习惯了在疫区坦然地生活。没有了初来几内亚的陌生与新奇，渐渐地习惯了援非的生活。这里依旧落后脏乱，但我们却开始欣赏当地人的乐观与无忧。一片小小的空地，甚至在车辆穿梭的街头，年轻人也能忘我地追逐他们喜爱的足球；只要有一点音乐的节奏，就会有人扭动起来，哪怕是烈日下、大街旁，任何事情都无法阻挡他们内心对生活的激情。在当地人的眼里，中国人都是富翁，他们会向你要这要那，清凉油、食物乃至美元。这里的人对中国人大都很友好，路上常有黑人用蹩脚的中文“你好，你好”打招呼，也经常会见到我们就竖起大拇指说：“中国，好！”在这里生活能充分地感受到身为中国人的骄傲，市中心最大的建筑议会大厦“人民宫”是中国上世纪60年代援建的；几内亚国家电视台RTG是中国援建的；中国承建的几内亚最大的水电站——凯乐塔水电站近期已经竣工发电，这完全改变了几内亚电力供应的格局；还有更多的难以胜数的道路、港口等基础设施都是中国建设的……

队里的才子林海又拿起笔如此描述道。

队长王振常则有更多的感慨与自豪：他的医疗队一直坚持到世界卫生组织于2015年年底宣布西非“埃博拉”疫情解除之日。“这可不容易啊！没有一个医疗队经历过这么长的时间，我们是唯一一支跟‘埃博拉’打了一年半持久战的医疗队，独一无二。几内亚总统亲自邀请我们医疗队队员到‘人民宫’给我们授荣誉勋章，这也是前所未有的。”

是的，历史应当记下这支医疗队。

但，我们应该知道，有关抗击“埃博拉”的故事才刚刚开始，王振常他们用肉盾与“埃博拉”厮杀正酣时，邻国塞拉利昂的疫情简直不可收拾！最惨烈的是塞拉利昂的医务人员，此刻几乎全军覆灭，而其中的一半医生，多数是到中国留过学的优秀医生……

塞拉利昂怎么啦？

第三章 哭泣的塞拉利昂

这事本与塞拉利昂无关。塞拉利昂本国的事——疾病等灾难已经够折腾的了，比如艾滋病、疟疾、霍乱等，常常侵袭全球“十大最穷国家”之一的塞拉利昂。中国医疗队的队员告诉我，他们去之前不会相信一个国家的首都、人口达百万之多的城市，竟然没有一条像样的柏油马路，晚上大街上没有照明灯，自然也不会有交通警察什么的。不过，他们的首都大街上有开着坦克的武装军人，拿着冲锋枪的反政府武装，举着大刀横行霸道的暴徒……当然还有很多朝你笑嘻嘻招手的妓女，但你敢去亲热吗？小心艾滋病！

这样一个国家，在全世界却蛮出名。我想恐怕与下面三件事有关：

第一件事是这个国家曾经是欧洲老牌资本主义国家贩卖黑奴的主要来源地，也就是说，世界上臭名昭著的黑奴交易是从这里开始的。

不错，这个地处非洲西部，北、东北与几内亚接壤，东南与利比里亚交界，西、西南濒临大西洋，海岸线长约 485 公里，国土面积约

7.2 万平方公里的小国家，却在 1000 多年前就是黑色人种的家园。据说，在 2500 年前就有人类在这片土地上居住。关于人为什么变“黑”的提问，似乎没有科学的结论，多数说法是因为环境的影响，非洲那儿光照太厉害，把人晒黑了，遗传下来，一代又一代，最后就变成彻底的黑色人种。这是我们普遍认为的古老传说。但塞拉利昂确实是黑人的古老家园，所以这里的黑人美女其实在世界上也很出名。我曾到南苏丹去过，发现那里的年轻女黑人，真的是太美了，身材、五官绝对标致。她们的家里什么都没有，穷得只有几根草秆，但她们就是美，绝美的，这简直有些不可思议。

塞拉利昂和其他邻国比如几内亚等都是靠着大西洋，自然环境也非常原始、秀美，如果不是战乱和热带病盛行，这里是真正意义上的天堂。

黑人兄弟姐妹们在此自由自在地生活了 1000 多年后，15 世纪中期，喜欢航海的葡萄牙人不请自来，他们在弗里敦河口北岸建起了要塞，一直到 19 世纪中期。那个时候的葡萄牙人主要在这里进行奴隶贸易，并且十分活跃，使这里成为欧洲奴隶的主要来源地。后来英国人在此得势，贩卖奴隶的势头更加疯狂。美洲被发现后，黑奴开始流入到新兴国家美利坚、巴西、阿根廷等。这是后话。1787 年，在废奴主义者的压力下，弗里敦慢慢建起了一个“奴隶集市”，后渐渐变成一个城市，以供那些原先准备贩卖到伦敦去的奴隶生产、生活。“首都”就是这么建起来的。英国人一直统治到 1961 年 4 月 27 日，塞拉利昂宣布独立。

塞拉利昂，这词在最初占领这块领土的葡萄牙人语言中，是“狮子山”的意思，而首都弗里敦在英语里叫“自由城”。

第二件事是塞拉利昂有个反叛武装闹腾了几十年，在非洲极其出名，联合国曾多次干预，却未见效果。领头者叫福迪·桑科，出生于塞拉利昂的吉米部落。说起来简直难以想象，这个叫桑科的奴隶后代，1956 年参加了英国皇家西非部队，到英国接受过无线电报话员训练。出道前只是一个名不见经传的陆军下士，还干过婚纱摄影。但在 1991 年 3 月，这个擅长摄影的前陆军下士打着“反对独裁”和“民主改革”的旗号，领导“联阵”扯旗造反后，竟然一举成为可以左右这个国家甚至让非洲许多国家屈服于他的领导者，联合国对此人也十分头痛，常感无奈，并吃过大亏。

第三件使塞拉利昂名声大震的事是，好莱坞拍了部巨片，叫《血钻》。别看塞拉利昂是个小国，但资源和矿产极其丰富。尤其是钻石，储量达 2300 万克拉，而且质量上乘，使这个贫穷落后的非洲小国，以抢夺和霸占钻石为目的战争此起彼伏，从未间断。桑科崛起和存在那么长时间，其原因之一就是他带领的队伍占领了拥有大量富产钻石原矿的边远山区地带。

本人没机会去这个国家，但却很想真实地了解一下“血钻”之乡到底如何。否则无法想象中国援助非洲抗击“埃博拉”病毒的战斗有多艰巨！或者说，那里真的像人们说的那样落后无比？

据说，第一例“埃博拉”病毒从几内亚传到塞拉利昂的时间，是 2014 年 5 月 26 日这一天。

感染者是一位刚流产并发着高烧的年轻女性，她被送到塞拉利昂东部的凯内马政府医院。当时的医生怀疑她感染了当地流行的一种拉沙热（Lassa fever）病。由于之前邻国几内亚在几个月里一直吵吵着流行“埃博拉”病毒，所以这个医院的医生也给这位女性患者测试了一下是否携带“埃博拉”病毒，结果呈阳性。由此，这位女患者成为塞拉利昂有医疗记载以来的第一例“埃博拉”病毒感染确诊病例。专家们后来对这位女患者发病史进行了追索，调查发现，她病发前在家乡出席了一位治疗“埃博拉”病人的医师的葬礼，与她一起出席葬礼的人中竟然先后有 13 人感染了“埃博拉”病毒。

专家断定：塞拉利昂的“埃博拉”疫情是从这个“根”上引发的，而且它一发而不止，差点把这个弱小的国家给灭了。

“这里的热带传染病太多了，所以如果不是形成疯狂的后果，一般不太会引起整个社会的重视。‘埃博拉’最初袭击塞拉利昂时，他们确实也没有在意。”中国驻塞大使赵彦博到塞拉利昂履职才几个月，几内亚就爆发了“埃博拉”疫情。“老实说，开始我们也没有太在意。因为在 2010 年，这个国家还暴发过一次霍乱，死了 300 多人。谁也没有料到邻国的‘埃博拉’会比三年多前的那场霍乱更可怕。”

赵彦博大使在 5 月份与塞拉利昂卫生部部长见面时曾经提醒过对方，应当注意加强针对几内亚疫情的边境管控。那位女部长友好地回应他：中国朋友的善意，我们一定放在心上。但事实上，整个塞拉利昂对邻国暴发的“埃博拉”疫情基本上心不在焉。“我们的人民处在非常饥饿的状态中，解决他们的吃饭问题，是我们政府最要紧的头等大事……”当地的官员有句口头禅。

正是谁也没有在意或认识到“埃博拉”绝杀人类的超强能力，所以最初在塞拉利昂东部疫区，有时还被认为仅仅是一些看不起病的贫民的呻吟，“无须放在眼里”。更可怕的还有另外一种情况，那是塞拉利昂成为几内亚之后传播“埃博拉”最严重的国家的根本原因——他们的一些医生自以为可以治疗“埃博拉”。

这个护士叫穆巴鲁·方妮（Mbal Fonnie），她是塞拉利昂东部城市凯内马政府医院首席护士。方妮确实是位非常出色的护士，她照顾过的出血热病人比世界上任何人都要多，因为这个城市是有名的拉沙热病多发地，所以方妮护士在这方面比谁都要强。但这一次她失败了，彻底地失败了，不仅搭上了自己的生命，还害了整个国家几千条生命。方妮本人并没有不道德的地方，她也是一位无辜者和“埃博拉”的受害者、牺牲品。她的错，在于她过于自信，以为送进医院来的发热者还是以前的拉沙热病患者，因此当那个怀孕的妇女住进医院后，方妮带领护士们来到病房，按照以前护理拉沙热病人一样的方法照顾患者，结果方妮传染上了“埃博拉”，她很快死了。死后，方妮的葬礼很隆重，她的护士同事并不知道她患的是“埃博拉”，她们几乎全体出席了方妮的葬礼，并按照传统习惯，在方妮的尸体上不停地抚摸，这是葬礼的一种必要仪式。结果整个医院、整个护士队伍的多半人都死掉了。7月29日，当首都第一例“埃博拉”感染者出现在中塞友好医院的前一天，暴发“埃博拉”病毒的塞拉利昂东部城市凯内马政府医院德高望重的塞拉利昂首席“埃博拉”专家舍克·汗医生，在拯救100多位“埃博拉”

病毒感染者后，自己也不幸被感染而身亡……消息传出，凯内马举城恐慌。因为人们发现："埃博拉"病毒才不管你是穷人还是富人，是官员还是平民，只要是人类，只要有机会，它都会毫不留情地追杀你，直至死亡。

接近7月底的一天，凯内马城里又一名年轻的女子感染上了"埃博拉"。她是当地的富家女，感觉连续发烧不对劲的她立即意识到可能染上了传说中极其可怕的"埃博拉"，吓出一身冷汗："身体坏了""要死了"——所有比她早一两天发热的人都死了，于是这个女子感觉情况不妙，极度紧张。"再被送进当地的医院也是死路一条。"怎么办？找最好的医院去！塞拉利昂最好的医院在哪儿？肯定是首都弗里敦。弗里敦的医院哪家最好？塞中友好医院最好！那里有中国医生。中国医生顶好！那个女患者在生命最危急的时刻，调动一切可能的力量，打听到了上面这一切。

"到了！上帝保佑我……"2014年7月底的一天，这位患者在无任何防御的情况下，自己闯进了首都，闯进了首都最好的医院，闯进了中国医生与塞拉利昂医生并肩战斗与工作的中塞友好医院（塞方称"塞中友好医院"）。

这一天，我驻塞拉利昂大使赵彦博原计划回国休假，前一两天已经同夫人一起订票打包准备出发了。31日晚，他在官邸宴请塞国外交部部长，做临别时的一次小聚。当两人兴致勃勃地讨论联合国安理会改革的话题时，突然使馆来电话了。

"什么？'埃博拉'来啦？多少人与患者接触过？"听电话的赵彦

博大使大吃一惊，忙问。

“共17人，我们中国医疗队的有7人，其中一位22岁的山东护士，她是新来的，是她最初接收那个患者的，而且她……”

“你不要再说了！”赵彦博大使一听情况万分危急，立即打断对方的话，命令道，“你马上通知医院，所有与那位患者接触过的人，全部隔离，立即隔离！”

“那……塞方还有10人接触的怎么办？”

“当然一起隔离嘛！”

“是。我们马上去执行大使的命令。”

“怎么回事，大使先生？”塞拉利昂外交部部长一看大使的脸色不对劲，问道。

“‘埃博拉’进入你们的首都了！而且已经极可能传染到我们的中塞友好医院，现在初步了解了一下，共有十几个人接触了患者！”赵彦博大使心急如焚。

“啊，我立即回去向总统报告！”塞拉利昂外交部部长说道，转身就出了使馆。

在这之前，塞拉利昂已经有几十例“埃博拉”感染患者，但因为都在与几内亚的接壤处，加之自5月份起，疫发地几内亚不断传来疫情稳定和平息的消息，所以邻国的塞拉利昂政府就没有在意“埃博拉”对他们国家的影响。如今首都突然冒出疫情，且在一夜之间，除从中塞友好医院传出十几名疑似患者外，另有几十名发热疑似者。总统府紧张了，总统科罗马当晚就宣布全国进入“公共卫生紧急状态”。同时他通过总统政府网站发布了告塞拉利昂全国人民书，要求全国人民“采取更积极的手段来对付‘埃博拉’病毒的暴发”。原打算到华盛顿出席“美国—非洲首脑会议”的科罗马总统立即改变行程，专程飞往“埃博拉”病毒暴发地，邻国几内亚，与那里的总统商讨阻止病毒进一步扩散的措施。总统告全国人民书中特别强调了他将部署部队前去支持卫生部门和专业人员，“对所有发病中心”及“发现有患者的地点和家庭都将采取隔离措施”。同时还宣布：“所有的公开集会都将受到限制，将搜查住房以发现被感染者，议会将被召回，高级官员将被要求取消所有海外旅行，除非是必需的。”而且这些措施最初的实施时期为60—90天。

“那是因为在我们的中塞友好医院出现‘埃博拉’病毒患者的最初时间里，首都甚至是总统的卫队里也出现了感染的患者。总统着急了，措施才这么严厉！”赵彦博大使说。据他了解，塞拉利昂政府过去十年中从来没有采取过如此严厉的“国家行动”。

从弗里敦中塞友好医院出现第一例患者并被她传染一批医务人员的那一刻起，其实就是塞拉利昂甚至整个西非“埃博拉”疫情的转折点，随后的“埃博拉”病毒传染速度大有势不可当、危及全球之态势！

几天时间内，塞拉利昂迅速成为全球“埃博拉”最严重的国家——

“塞拉利昂弗里敦，卫生工作者正从街头一具疑似因感染‘埃博拉’病毒而死亡的尸体上收集样本。”

“塞拉利昂的埋尸队本周进行了罢工，将尸体抛在该国首都的街头。”

“又一名塞拉利昂医生因‘埃博拉’病逝，成为第5个死于‘埃博拉’

的塞拉利昂医生。”

“医疗援助团体‘无国界医生组织’高级协调员表示，‘埃博拉’在塞拉利昂肆虐，多个村落惨遭灭村，全球‘埃博拉’死亡人数恐高过官方数字。”

光看看当时非洲和世界各大媒体上有关塞拉利昂“埃博拉”疫情的这些报道，便会令人毛骨悚然。而我们的中国医疗队身处疫情的最中心，其情其境，确实“怎个了得”！

赵彦博大使的一封封特急电报通过大使馆的内部机要室直发北京的中国外交部，而这些重要的“埃博拉”疫情报告也即时到了中南海、国防部、卫计委、公安部等。由国家卫计委印发的《我国防控和治疗“埃博拉”方案》也迅速发往各省份，时间：2014 年 7 月 31 日。

一天也没有耽误。半天也不敢耽误。全世界都在密切和紧张地关注着西非国家特别是塞拉利昂、利比里亚的“埃博拉”疫情——那里的疫情似乎已经完全失控，传染和死亡的人数每天都在以几百、几千的数量上升，且丝毫没有减速的趋势。

中国是有近 13 亿人口的大国，如今每年 1 亿多人次出入境，到非洲务工和做生意的人，足足有千万人次！这千万人中能保证没有一两例带着“埃博拉”？ 2003 年的“非典”疫情，我等谁不记忆犹新？那也是香港的一位老兄将病毒带到了广州，然后有人再把它带到了北京，由此引发一场空前的疫情……中国人民和中国政府再不会让这样的瘟神进入国境，害我国民。但可恶的“埃博拉”病毒，远比“非典”厉害。

苍天有眼，此疫走向让世界各国都在紧张地关注。

“要尽一切可能，确保我医疗队队员的生命安全！确保我在非的所有公民的生命安全！同时要力所能及地帮助当地防治‘埃博拉’。”赵彦博大使接到国内的指令是两个“确保”，一个“力所能及”。

“那些日子里，我们的使馆简直忙翻了天。”赵彦博大使说，“刚去赴任时，下飞机后就是摆渡，天黑，又加上是黑人兄弟帮忙摆渡，折腾了几个小时才从机场到达大使馆，就像逃难似的，哪有半点赴任的大使样！我妻子一路上不敢吱声，到了使馆她才抱怨道：亏你是个大使呢，还不如邻居拉犁的老伯呢！这就是塞拉利昂。但它又是我们中国的好伙伴，在国际舞台上，对我们从来说一不二。从 1971 年建交的几十年来，两国友谊是全天候的。对这样的非洲兄弟，在他们遇到困难时，我国责无旁贷。面对‘埃博拉’疫情，我们同样如此。”

“弗里敦遇到‘埃博拉’袭击和暴发疫情，几乎是在完全不设防的情况之下，更何况就发生在中国医疗队工作的地方，而且接收首例‘埃博拉’的医务人员就是我们一个来非洲才几天的医疗队队员，那女孩才 22 岁，啥都不太懂。病人来了，她也不知道啥是‘埃博拉’，看对方又发烧，又呕吐，就照着发热普通患者去照顾，帮助办理入院手续，测量体温，等等。那患者呕吐时，我们的那位山东姑娘就在病人旁边，还帮助处理污秽物。她干完活又回到中国医疗队队员中间，回到医院的医务人员中间，如此一个又一个交叉接触，你说不是要命吗？”赵彦博大使说，当初有人向他汇报这种情况后，“我的头嗡的一下要炸了！怎个了得嘛！”

“埃博拉”在当时的塞拉利昂首都，其实也是个陌生的病，“遥远的传说”而已。所以当这位从东部城市逃到中塞友好医院的女患者来到医院时，一起与我山东籍医疗队队员出诊的还有几位塞方医生和护士，初诊的结果是“肠梗阻”。之后便办了入院手续，但在凌晨两三点时，女患者死了。

一个生命在病中突然死去，这在落后的非洲太习以为常了，所以当时中塞友好医院的值班人员并没有当回事。可第二天上午医院里突然来了一帮全副武装的警察和军人，说那个女患者是逃离而来的“埃博拉”病毒感染者。这一下把全医院的人吓坏了：天，恶魔到咱首都啦！

医院立即一片混乱，有人想跑，有人在哭。“所有人必须留在医院，一个都不能离开这儿！”持枪警察和军人堵住所有出入口，不许任何人随便进出。不一会儿，又有一批全副武装的“收尸队”人员赶来，他们小心谨慎地将那个已经变成“魔鬼”的女患者尸体装入白色尸包内，扔进封闭的专车，随后车子拖着一声声尖厉的喇叭声，消失在旷野中。

“我们怎么办？啊，我们这些人都跟患者接触过呀！”收尸车走后，被禁闭在医院里的人顿时像困兽一样不知所措，紧张而慌乱。

“保持秩序！万不可乱！”

“所有与患者接触过的人全部隔离！立即执行！”

赵彦博大使不愧是见过世面的人，在这危急事件突发后，第一反应就是尽快想办法“切断”与病毒感染源接触过的人。他的命令在第一时间传达到了中塞友好医院的中方人员中间，同时又通过中方医疗队取得塞方医院负责人的一致同意。

此刻的医院门墙紧闭，不得随便进出。

“隔离！”“与‘埃博拉’病毒感染者接触过的所有人员全部隔离！”

“一、二、三……天，共 17 人哪！”一数，中、塞方医务人员共有 17 人需要立即隔离。按照世界卫生组织给出的“埃博拉”病毒传染预防措施建议中的要求，凡是与病毒传染者有过接触的人，一般需要三周的隔离观察期，也就是说，必须经过 21 天的观察，检测结果未见异常时方可解除传染危险。

“21 天？”“天天等着上帝的判决？”有人一听就恶心呕吐，甚至出现虚脱。

“必须保证隔离的人有个健康的身体，否则最先击倒他们的不是‘埃博拉’，而是自己的心理……”那时刻，驻塞大使馆就是我援非前线的指挥部，大使赵彦博则是指挥部的最高指挥官，他的话就是命令。

“说起来容易，做起来就复杂了。”赵彦博大使说，“隔离后的当天，我就到医院去看，那一幕现在回忆起来仍然充满惊险：我们的 7 个人连同 10 个塞方人员，共 17 人，每人一间房子，像关禁闭似的，与外面隔着门，我跟自己的医疗队队员只能隔着铁门远远地对话。老实说当时都不知道说啥好，我能做的就是把使馆的电话号码告诉他们，告诉他们随时可以与我和使馆联系。那个时候我感觉虽然我们的医疗队队员们没有当着我的面哭泣，但在我离开的那一刻，他们的眼神告诉我，其实他们心里都十分紧张。这不是坚强不坚强的问题，谁遇到了这种要命的事，都会异常紧张。要知道，就在这个当口，塞拉利昂的总统卫队里也有人感染上了‘埃博拉’，你想想看，当时的塞拉利昂是个什么样的状态。谈虎色变！谁要是染上了‘埃博拉’，谁就等于被宣告了‘死亡’。你说怕不怕？”

塞拉利昂的总统也开始害怕，整个塞拉利昂都处在恐惧之中。中国驻这个国家的大使馆也不可能平静。

“我们在塞拉利昂的中国人平时有四五千人，几十家企业，这些同胞一旦染上了‘埃博拉’更是大事，他们把病毒带回到祖国就麻烦了。我们使馆的责任就是要确保这些同胞一个都不能染上‘埃博拉’。但谁能保证做得到这点？”赵彦博大使紧皱眉头，说，“当时我们遇到的最大麻烦是通往外面的航线都断航了，就是想回国的同胞也搭不上飞机。最后我们打听到比利时的航空公司还有进出塞拉利昂的，于是就赶紧帮助同胞买票或联系包机，结果都失败了。那时一张机票就是一条命，命能买得到吗？所以当时可谓‘一票百人求’。既然在当地买不到票，我们就请国内帮着订票，还真成了！最后 150 多名同胞就是这样回到祖国的……”

赵彦博大使告诉我，在他几十年的外交生涯中，2014 年“埃博拉”在塞拉利昂暴发的日子里，是他一生中最紧张、最心惊肉跳的“要命日子”：“光向国内发的电报就达 300 多份，尽是疫情和建议。”

我知道这些“电报”多半进了中南海，为中央做决策部署将“埃博拉”疫情阻击在我国境外和帮助非洲兄弟抗击疫情起了不可估量的作用。

“感谢苍天！我们那几个隔离的医疗队队员在 21 天后全部安全地

回到了大家中间，还有塞方隔离人员，都从死神那儿走了回来。真是不幸中的万幸。”8 月 21 日那天，赵彦博大使带着使馆的一大帮人，买了鲜花和许多营养品，专程到医院将中方的 7 名隔离人员和塞方的 10 人一并接了出来。

“那场景实在难忘，我们彼此都流下了热泪。”赵彦博大使说。

在“埃博拉”大暴发的那些日子里，首都第一批集体与病毒感染者“亲密接触”的 17 人无一被病毒纠缠上而重新健康地回到人间。难怪后来许多塞拉利昂人常常会这么说：“有中国人在，就能有好运。”

这话后来被一次次证实。不过，在中国援非抗击“埃博拉”医疗队正式到来之前的塞拉利昂并没有那么好运，这个弱小的国家继 7 月底、8 月初在中塞友好医院连续出现数例死亡和感染病例后，整个首都弗里敦和从南到北、从东到西的国家境域内，“埃博拉”席卷了每一个城市与乡村，甚至出现了个别村庄集体追杀“埃博拉”病毒感染者和城市街头乱扔、乱烧病毒感染者尸体的情形。总统卫队里出现“埃博拉”病毒感染者后，总统府内部也曾几度惊慌与不安，据说总统亲自下令从全国调了十几名最好的医生进驻，结果只调到三名，还是非专业的。

“至 8 月底，塞拉利昂近一半治疗‘埃博拉’的专业医生在战斗的第一线死亡，三分之二的医务人员受感染。”世界卫生组织在 2014 年 9 月底的报告上这样说。

“乞求你，乞求你们了，如果再得不到援助，我们的国家就要彻底完蛋了！”身材高大魁梧的塞拉利昂总统科罗马先生在会见世界卫生组织总干事长、身材矮小的东方女性陈冯富珍时这样说。

“总统先生真的这么信任我？”那一刻，陈冯富珍很是感动。

“当然，总干事是世界有名的流行性疾病的防控专家，你来帮助我们，我们的国家就有救！你知道，我的国家一直被内战所困扰，加上流行性疾病不断，百姓生灵涂炭，苦不堪言……如今这‘埃博拉’又肆无忌惮，上帝对塞拉利昂不公啊！”科罗马是位社会保险学专业出身的总统，他期待更多的是国家民生安全和社会发展，在会见陈冯富珍之前，对这位世卫组织总干事的背景做了详细了解。当他得知在2003年香港“非典”大流行时，就是这位看上去不怎么起眼的东方女性稳定和抵御了“非典”对香港的侵袭，顿时满怀敬意。

感动陈冯富珍的是，像科罗马这样如此热爱自己国家和人民的非洲国家的总统并不是太多，她重重地点点头：“义不容辞！尽力而为！”

数日前，也就是2014年8月1日这一天，陈冯富珍携世卫组织数十位官员飞抵几内亚首都科纳克里，与几内亚、塞拉利昂、利比里亚和科特迪瓦四国首脑举行了紧急会谈，并在会上启动了一亿美元资金实施“埃博拉”疫情强化响应方案。她在当日的会上声称，在发现“埃博拉”病毒近40年的历史中，当前西非“埃博拉”疫情在感染病例数量和死亡人数及受影响地区范围三方面均为历史最大规模。陈冯富珍警告说，如果疫情继续恶化，其造成的死亡、严重干扰社会经济等后果将是灾难性的。她接着说，伴着前所未有的疫情而来的是前所未有的挑战，如缺乏对疫情准确详尽的评估、医护人员严重不足、部分医疗设施甚至基本水电供应缺乏等。“而最可怕的是，随着全球人口的频繁流动，疫情很难固定在西非一个地区……那是最可怕的后果。”她的这一警告让全世界感到紧张。

美国随即派了三四千全副武装的军人开赴几内亚，以确保他们在那里的医务人员的安全；法国和英国等派出最先进的医疗设备与人员再度进驻他们曾经的殖民地；在日本，连一些邪教组织都声称要“以求天意”，到西非去“豪取”“最高级人体生化武器”……足见“埃博拉”病毒的厉害和除病毒疫情之外的其他国际性危害。

身处疫情最严重地区的塞拉利昂人，当时他们的感受是：你不知道何人何时会突然倒下，倒下后只有两种选择：上医院是死，强制性地打针与隔离而死；逃离人群躲起来自然死。起初，政府动员所有的疑似患者上医院治疗，后来医院不欢迎患者了，因为他们的医生几乎都被感染并多数死亡，而且被感染的医生再感染患者、亲友与家人，这些人再去感染与他们接触过的其他社会上的人，整个塞拉利昂的疫情暴发链就是这样联结起来的，像滚雪球那样越滚越大，直至失控……

阴沉的云笼着星期天，
每时每刻都是我难挨的无眠。
最亲爱的人啊，包裹着我的重重阴影，
已是无际无边。
纵是那雪般洁白的点点香花，
也再难唤醒你。
在那个地方，

黑色的死亡之车已经带走了你。

天使们也不会有意为我还回你……

2014年的夏季，在非洲，在塞拉利昂，无论是在首都弗里敦的酒吧里，还是在乡村斯里本的草棚内，人们都在哼唱着这首匈牙利犹太钢琴家查理斯创作的《黑色星期天》。这首歌被称为“世界最悲歌曲”和“自杀之歌”，后来经黑人女歌唱家比莉·哈乐黛（Billie Holiday）演唱后风靡世界，甚至出现过在匈牙利布达佩斯人们因唱它而致使百人以上连续自杀的现象。一度，这首歌在欧洲被禁令演唱，直到作者查理斯和作曲者双双自杀后才算给这首歌的命运画了个句号。现在——2014年的7月至9月，这首歌在比莉·哈乐黛祖先居住过的塞拉利昂又一次成为牵动万众的悲情之源。据说在弗里敦街头，就有过一对青年恋人因为惧怕彼此患上“埃博拉”而唱着《黑色星期天》，在一个阳光明媚的星期天，双双割腕自尽。在他们的葬礼之后，又有几位年轻人相继自杀。

《黑色星期天》的忧郁旋律，如魔鬼般的声音回荡在西非大地上，让很多村庄与街道变成葬礼的场所。这种情形在塞拉利昂尤为严重和触目惊心。

2014年9月16日的早晨，一轮红日刚刚露出大西洋海岸线，便被厚厚的一片乌云所笼罩，并且严严实实地锁在天际之上。而乌云之下的塞拉利昂则在疫魔的折磨下迎来又一个不平凡的日子与纪录：整个西非已超过2万人感染“埃博拉”，其中塞拉利昂占7749人；共有4663

人死亡，塞拉利昂约占2000人之多。“而实际的死亡人数远远超过这个数字。”世卫组织的人说。

令人担忧的不仅仅是疫情本身，中国国际广播电台驻西非记者张威伟报道:在这场与“死神较量”的战场上，一些西非人认为，“埃博拉”是西方人制造的阴谋，因此在一些村庄发生了这样的事情——一个“埃博拉”医疗宣讲团的几名成员竟然被当地村民绑架后用刀子割喉而死，其中三名是记者。“他们的尸体是在厕所里被发现的。”张记者还透露，感染“埃博拉”病毒的痊愈者的血液目前在黑市上疯狂交易，“因为它具有抗疫能力。”

“痊愈者又被杀害的事也已出现……”总统科罗马听说这样的事后，哭了。那些日子，哭的何止是科罗马总统，整个塞拉利昂都在哭泣。

第四章　去遥远的地方拯救世界

“WHO”，这是世界卫生组织的简称。70 年前的一次国际卫生大会通过的《世界卫生组织组织法》，宣布了这一全球最大的政府间卫生组织的正式成立。作为联合国下属的一个专业机构，因为它“行善积德”，受到世界各国的尊重。

2014 年 8 月 8 日，这个组织在日内瓦向全世界发布了一则通告：在西非暴发的“埃博拉”疫情正式确定为“国际突发公共卫生事件”，而抗击“埃博拉”则成为“世界性联合行动”。

承担国际义务，是一个国家的国际责任。中国政府在第一时间履行着自己的国际义务。国家主席习近平在 8 月 10 日就“埃博拉”疫情，专电分别向几内亚、塞拉利昂和利比里亚三国总统表示慰问，这在中华人民共和国历史上也是第一次因为一个疫情而向几国元首发出慰问电。这并非是中国所做的唯一一个“第一”，紧随其后的是，中国政府实实在在拿出真金白银，支援深陷疫情灾难的塞拉利昂等国家的人民

（前后共计 7.5 亿美元）。而这仅仅是整个中国援非抗击“埃博拉”的开始……

有开始便有后续。这后续是在中国人民对非洲人民兄弟般的友谊和整个疫情越发严重两股力量的推动下，形成了一场史无前例的中国援非大行动——一支支中华儿女组成的队伍离别亲人，去遥远的地方拯救世界。

自然，这个行动的最高决策是我们的国家主席习近平。普通人并不清楚，习近平主席在国家卫计委等部门呈上的最初的“西非埃博拉疫情”报告上，写下了必须“极端重视”的批示。这四个字可以有无数种解释，但可以联想到的就是，共和国领袖心头想到的是 13 亿国人的安全，及遥远的非洲兄弟的生命，正如一个天平上的两头。2003 年那场突如其来的“非典”疫情，每一个中国人记忆犹新，因为它的教训实在惨痛。那时赴任浙江省委书记不久的习近平有多少个日日夜夜在西子湖畔关注全国疫情动向，布置浙江防疫措施……当年，最初也仅仅是从香港和广东引入的一两例感染者，结果却将整个中国拖入了深渊，差点断送我们国家几十年辛辛苦苦取得的伟大成果。而如今，虽说“埃博拉”远在西非，但谁敢掉以轻心？更何况，仅广东沿海一带，每天就有数以万计的黑人兄弟在那儿打工、做生意。还有义乌，一个市场上每天往返的非洲生意人就有数百人，假如他们中间有一两个“埃博拉”感染者怎么办？

“极端重视”的意义不言而喻。

又何止是这层意义！非洲兄弟受难逢灾时，咱中国人什么时候不是两肋插刀、倾尽全力帮助？不说当年非洲兄弟们如何将我们抬进联合国，就是全球化的今天，我们强大而快速的中国经济列车，少得了广阔富饶的非洲大地？

“极端重视”了遥远的非洲兄弟国家，不就是“极端重视”了我们自己吗？大国领袖的胸怀必须高瞻远瞩、海阔天空。

更何况，此刻的中南海，还收到了一封来自世卫组织总干事长陈冯富珍署名的亲笔信，希望中国履行负责任的大国义务，全力支援西非抗击“埃博拉”疫情。“中国是我的祖国，非洲兄弟姐妹们经受的疫情灾难，如同我的祖国兄弟姐妹经受的痛苦一样，我请求自己的祖国伸出温暖而有力之手，帮助非洲，也帮助我……”陈冯富珍在自己人面前如此情真意切。

“如果再不出手，英国等国的医疗机构将接手我们的医疗机构，并为其所用……”岂有此理！来自我驻塞拉利昂大使馆大使赵彦博的“报告”更让中国领导人下定决心：必须立即出手，支援非洲兄弟！

9 月 12 日，习近平主席签发命令：中国组织赴非抗击“埃博拉”医疗队，调动我最好的流行病专家、防控专家和我军传染病医务人员，自带设施，三天准备，16 日出发，17 日抵达非洲……

这是中国历史上从未有过的医疗远征支援队伍，去万里之遥的非洲大地拯救我们友好的兄弟姐妹。

三天？！三天能干什么？但最高层的命令就是这么说的，必须在三天之内完成一切准备，最终完胜这场在遥远地方展开的特殊战斗。

此间，遥远的地方正处在疫情的水深火热之中，每一天都有成百上千人死于“埃博拉”的侵袭之中！分分秒秒牵动着远在东方的中国朋友！

何谓“完胜”？习近平主席的批示上有三个字格外醒目：我们的赴非洲抗“埃博拉”的医疗队伍必须是“零感染”……天哪，这是何等的要求！

在死神拥抱之中，你必须在完全脱身的情形下打败死神，胜利归来；在枪林弹雨的搏杀中，你不能以受伤和丧失生命的代价取胜，必须躲过子弹，完整无损地归来；在甚至连空气都被污染的地方，你全力以赴地抢救那些生命垂危的病人，同时又必须不受任何感染地完成任务……

总之，不管我们去多少人，不管那里的任务和困难有多少，病毒传染有多疯狂，所有人都必须完好无损地回到祖国，回到亲人身边。这就是习近平主席的命令。

这命令饱含着领袖对援非抗击“埃博拉”医疗队的高度关怀、无限信任和期待。

这命令又似乎难以执行……但，“必须不折不扣地执行好习主席的命令！”国家卫计委向从各医疗机构抽调的医务专家们如此下达指令。中央军委向待发的我军唯一的传染病专科医院的官兵们如此下达命令。

就三天。三天时间必须完成所有出发前的准备……

既然必须做到“零感染”，就必须实现最科学的医疗程序和万无一失的预防措施。而“埃博拉”的侵袭，至今全世界仍无药可治，何来“最科学”的医疗程序？既然是去拯救死亡线上的“埃博拉”病毒感染者的生命，亲近、接触甚至同受“埃博拉”侵袭是不可避免的，那何来“万无一失”？

李六亿和她的团队接受的任务，就是确保我赴非抗击“埃博拉”人员的“零感染”，完胜回国。这几乎是不可能完成的任务，但任务就这样落在李六亿这位文静的、感染管理学科的女专家身上。

采访她时我看到她的第一眼，很难相信如此重任竟会压在这么一个文静的女子肩上。

李六亿，湖南衡阳人，现任北大医院感染管控处处长、国家感染疾病管理控制专业专家，博士。“我是国内第一批从事医院感染管理学科的专家，1985 年毕业后一直师从自己的导师。1995 年到了北大医院，之后长期出任中国医院协会医院感染管理专业委员会主任委员。我们这支队伍很少有非专业人士知道，但可以说是一支坚强的管理和防控医院内部感染的专家队伍，是我国一支高水平的感染管控队伍。我们常说自己是‘幕后英雄’，确实做的也是这份工作。在世界上曾经发生过多起医院内部暴发感染的事件，比如 2003 年北京人民医院‘非典’暴发连续性的大面积感染就是一例，它的危害性非常严重，所以管理控制医院内部感染是一门重要的学科。像‘埃博拉’这样罕见、难治的传染病之所以疯狂地危害人类生命，其中突出的一点，就是因为在医院内部未知情的情况下管控失灵。所以说，从 2003 年‘非典’之后，我国十分重视这一块的学科建设与研究，我的团队就是负责这样的工作，平时我们各自在自己的医院，一旦有新的学科研究和实际病案时，就汇合成一股力量，进行实际上的管控和措施推广。我们的队伍由 103 位专家组成，一直在一条战线上研究与工作，一有情况，便集中攻关，定期交流，学术水平与国际同步。因此当国家有任务时，只要相关部门一声令下，我们就会立即拿出防控方法……”

万没有想到她是位内心格外强大的女专家，更没有想到的是，从她口中我知道了我们国家竟然还有一支专业的、训练有素的流行性感染防控专家队伍！

“对‘埃博拉’病毒防控你们也能做得及时准确、万无一失？”这是我最想知道的。时下全世界还没有任何经验与药物对付疫情，况且我们又不是非洲热带国家，防控这类病毒传染并非我们所长。

“当然，既然是防控，首要的就是必须做到及时准确、万无一失。”李六亿博士非常肯定地点点头。

我笑了，想起她的名字。“你是不是生来就是为全中国人民服务的？或者说父母心里就是这样期许你的？”

她笑了，美丽地笑了。“许多人对我的名字感兴趣，也都这样问过。”李六亿回答，“我出生的时候，全国人民差不多在六亿左右，父母求省事，或者像你说的那样，希望我为全中国人民服务吧！”

哈哈……我们大笑了一阵。李六亿说自己是湖南人，我坚持认为她应该是江浙人：秀气，文雅，学者气浓，甚至还有几分大家闺秀的气质。不过一谈专业，纹丝不漏——是个标准的、高水平的医病防控管理专家。

有这样的一批专家存在，真乃国之幸。

“就给我们两天时间……必须把所有赴非洲参加抗击‘埃博拉’病毒的医疗防控措施与治疗规范制定出来，而且确保我们的人‘零感染’！”她说。

“这都是两天内赶出来的吗？”刚进门时，李博士就给我看过一本有几十页纸厚的抗击“埃博拉”医疗《实用手册》，那里面有十几个分类、几十个环节、几百道程序，而且是图文并茂……

“就是两天内完成的。”李六亿肯定地说，“这就叫养兵千日，用兵一时。我们的防控管理专家队伍，平时受国家卫计委管，又各自在自己的单位岗位上，一旦相应的任务下达，整个团队就立即行动。我记得是周末那天接到的任务，部里的医政处打电话通知我，要我们立即到部里的1208房间报到。这是间普通办公室，但它又是我们整个援助非洲‘埃博拉’行动的‘总后勤部’——所有医疗队走之前和走之后的专业技术保障措施都在这个房间里制定并发布……”

1208房间，在2014年的9月中旬的那些日子里，它每天都开着长明灯，昼夜有人在战斗和工作着。领队的就是李六亿，在一旁督战的是国家医政医管局副局长郭燕红。

2014年9月12日正是周五。“周末接到上面的通知后，我马上把自己的两位青年助手叫到家里，当天就把初稿弄了出来，第二天我赶到1208室，进去一看那里已经有十几位专家在等我，他们都是部里通知来审查和帮我完善《手册》的专家。”李六亿说，“随后我们一章章、一条条、一段段文字进行推敲、过关。来的都是防控方面的专家，即使如此，我们还是要求每一个细节、每一道环节上必须有三个专家认可审定后方通过。可谓严之又严。”

“你们如何做到万无一失、百分之百的准确率呢？”我好奇地问。

“你问到了要害。”李六亿说，“事实上我们谁都没有到过‘埃博拉’病毒传染治疗的临床现场，更不用说经验了。而且当时在我们接受任务时，非洲那边已经传来了美国医务人员感染的消息，这更加让我们内心多了一份紧张。好在毕竟我们中国感染防控经历了2003年‘非典’之后，特别加强了这方面的学科建设和实际防控能力培养，所以尽管‘埃博拉’病毒传染远在万里之外，仍然不影响我们以自己的专业拯救万里之外的非洲兄弟姐妹们的生命的能力。”

“不过，也确实遇到了不少难题，比如‘个人防护用品穿脱流程’这一环节，这是非常关键的一章。根据我们的经验，能不能保证在临床一线的医务人员‘零感染’，医务人员个人防护用品的穿脱流程在很大程度上起着关键性的作用。也就是说，你当医生的，每天在跟‘埃博拉’病毒感染者接触，你个人的防护是关键，否则就极可能感染。怎么办呢？我们就在1208室那间小小的房间里，十几人不断地比画着。先是练穿，看每一次穿的程序有没有问题，主要是找问题，再完善措施和程序，然后再练脱的每一道流程。以我们的经验，严重的病毒感染疫情，医务人员脱防护服的程序远比穿防护服要重要得多，因为穿时的防护服一般并没有感染上病毒，而脱前的防护服通常是接触过感染区或已经沾上了病毒，所以脱时不出任何问题是确保‘零感染’的关键程序。为了这一章内容的规范性和科学性，我和团队的同志不知练了多少遍穿脱流程，直到再也找不出任何毛病为止。”

“大姐，是不是太复杂了些呀？”这电话是李六亿的好友，也是她的团队成员之一的庄英杰博士打来的，庄也是被派到前线的一名防控专家。临上飞机时，他拿到了李六亿他们赶出来的抗击“埃博拉”《实用手册》，翻着翻着，忍不住给李六亿打来电话。

李六亿一听是“兄弟”庄英杰，便严肃地告诉他：“一点也不复杂，你是我们的防控专家队伍的人，你更要严格按部里决定的流程去做，否则就是失职。更何况，这个《手册》汇聚了100多位专家的经验与智慧，它不会有错，必须严格执行。所有的人员都要执行，你也不例外。”

“明白了，大姐。”庄英杰不再争执了。

“当时我松了一口气。”李六亿说，“如果前线不能按我们制定的流程执行，万一有人稍稍大意一下，怎么能保证‘零感染’呢？若不能做到‘零感染’，那就意味着可能带给我们整个援助非洲抗击‘埃博拉’的战斗不可预测的后果！谁也扛不住这份责任呀！”

“听参加前方抗击‘埃博拉’战斗的医疗队员们说，后来上千人在几万次与病毒感染者接触过程中，没有一个人感染的主要原因就是你们制定的这个防控流程《手册》要求高，比西方好几个国家都做得好，所以才实现了‘零感染’目标。”被采访的参战医务人员中，不止一人向我介绍并要求转达对李六亿他们的感谢之意。

李六亿笑了，欣慰地笑了。“应该是这样。这也是我们的职责所在，专业所在。”她说。后来有一次到部里开会，见了从前线回国的庄英杰，他立即把她叫到一边，感激万分地说：“大姐，我能回来，完完全全是靠你的这个《手册》，否则你今天就见不到我了。”

庄英杰向李六亿讲起他在前线临床现场遇上的特殊情况，如果不是因为严格按穿脱防护服的流程执行，感染将不可避免。

李六亿听完庄英杰讲述惊心动魄的那一幕，双手按在胸口，轻轻地自言自语了一句："谢天谢地，我们没白费心思。"

以李六亿为首的团队在我援助非洲抗击"埃博拉"医疗队出发前所做的医务准备工作，为整个战役的完胜打下了坚实的基础。"直到后来所有的队伍全部'零感染'回国，我才彻底地放下了悬着的心……"李六亿最后这样感慨地对我说。

我忍不住握住她的手，代所有参战的中国医疗队，也代全国人民感谢这位"幕后英雄"和她的团队。

要出发了！他们都是"祖国的一声令下"，便背起行囊，去那个从未去过的遥远的地方拯救世界的英雄战士、中华好儿女——

钱军，中国疾病预防控制中心传染病研究所研究员，首次援非抗击"埃博拉"疫情移动实验室检测队队长，44 岁。他和他的队员们要将中国仅有的两台生物安全三级实验室（简称"移动 P3"）设备之一运往非洲并开展"埃博拉"病毒检测工作。"移动 P3"有三个集装箱那么大，内部设备包括复杂的生物安全柜、高压污物灭菌器、高效充气过滤器等精密设备。实验室按照人流、物流、气流、水流等四大控制理念，实现对废水、废气、废物的无害化处理等真空条件下的病毒检测，是世界高端水平的医疗装备。现在要将其中一台运至非洲，参与抗击"埃博拉"的战斗，这也足以证明我国对非洲兄弟国家的重视。

然而，如此庞大的物体，要运达万里之遥的地方并确保其正常展开检测病毒工作，绝非在国内那么简单、方便。“我们自主的‘移动P3’代表着我国的传染病防控检测最高水平，这不仅关乎我们与西方国家同行在非洲抗击‘埃博拉’战斗的‘武器’层面的较量，更重要的是也决定着我们派出的抗击‘埃博拉’医疗队能否成为主战场的生力军，国家荣誉显然要靠这‘家伙’显现！”钱军心里清楚，当国家决定动用“移动 P3”时就想到了这一层，还有一层意思是：“移动 P3”同样关系到我们的医务人员能不能在与“埃博拉”“亲密接触”时实现“零感染”。作为“移动 P3”检测队队长，钱军接到命令后的第一时间便来到京西某地那个停放“移动 P3”的仓库，像临行前抚摸自己的“战马”一样，钱军内心对“移动 P3”说：伙计，咱这回远行，你得争气！必须争气！

“争气？要我争气，还得你们配合！”“移动 P3”说话了?！钱军心一惊，它提醒我什么呢?

“咱土生土长于中国，现在要到遥远的非洲作战，水土不服咋办?所有操作我的人员能不能也像在国内那样得心应手，不出差错？”“移动 P3”又说话了！

钱军一惊：可不是。兵马未动，粮草先行。这“草”是世界级水平、我国最好的“草”，如果到了那边“水土不服”就麻烦大了。怎么办?必须做出征前的最后训练，直到考核合格为止。

于是两天时间内，检测队队员被拉到这个偏僻的地方，与即将远行的“战马”一起培训——

“你来回答，使用什么成分的消毒液？现有浓度能不能保证杀灭病毒?”

“还有你，请回答以下问题：直接用手打开采备管，还是使用镊子，哪种方法更保险？”

“还有，手套戴几层才能保障安全，两层行不行？三层呢？”

提问一千个。答案一千个。一千个提问，一千个答案，都必须准确无误。

钱军面对自己的队员，有的是老伙计了，有的则是第一次见面，但在这样的提问和回答面前，他铁板一块，“狠”得像只狼——队员鲁会军就这么说他。

“我们面对的是‘埃博拉’这样从未见过面的强大敌人，而且至今对它所知甚少，更何况它一直在不断变异，没有足够的准备，就无法确保自身的安全，更不用谈‘零感染’了。不达到‘零感染’的目标，就是出色完成了一百例、一千例病毒检测，也等于交了一份不合格的考卷。因此必须严之又严！”钱军的嗓门比平时提高了几个分贝。

“同志们，现在我宣布：中国第一支援助非洲抗击‘埃博拉’移动实验检测队出征！”2014 年 9 月 16 日，国家卫计委和中央军委有关方面负责人向钱军等 27 位援非抗击“埃博拉”医疗队队员发出命令。

“首战用我，用我必胜！保证完成任务，敬礼——！”在钱军带头下，检测队队员向祖国誓言。

一架东方航空公司空客 330 包机从北京首都机场腾空而起，飞向遥远的非洲……

此刻的机舱内，看上去有些空荡。只见蜷缩在一个座位上的钱军悄悄地在一边擦着额上的汗珠，一边拿着手机不停地比画着。那手机的屏幕上一次又一次地出现下面的这些文字：

请放心，我会把队员们一个不落地平安带回祖国！

钱军在给所有队员的家属发短信。最后他给自己的女儿发去一条短信：宝贝女儿，爸爸带着队伍到遥远的地方去拯救世界，无上光荣，责任重大，谢谢你和你妈妈的支持。我和队友们一定胜利归来。

发完所有短信后，钱军发现自己的眼角上有些湿润，一摸，原来是泪呵！他轻轻地自嘲一声：没出息！

“钱队长，你是发烧了吧？”突然，有人在钱军的耳边轻轻一声，却让钱军噌地跳了起来。

“是老柏啊！”

被称为“老柏”的长者拍拍钱军的肩膀，示意他坐下。“你是发烧了！”老柏名长青，是首批援非抗击“埃博拉”检测人员中年龄最大的一个，这年52岁。

“没事。可能这几天累的……”钱军不想因为自己身体的一点不舒服而影响出征的队友。

“那不行！”柏长青做了一个果断的手势，“你是队长，绝不能有任何闪失。更何况，我们此次的决战对象是异常凶狠而狡猾的‘埃博拉’，感染上它的第一个反应就是发热……”

钱军笑了：“老柏你也别谈虎色变嘛！我们还在中国自己的领空，离‘埃博拉’十万八千里呢！”

“可你清楚，首先被感染上这种强性传染病毒的一定是体质较差的人，所以我必须马上给你消热治疗……”柏长青说着已经把一杯温水和几片药放到钱军的嘴边，“马上喝下它。”

钱军看看柏长青，接过药和温水，一饮而尽，然后颇为感激地说：“老柏，有你在，我会放心许多。”

“但愿我这老兵在关键时刻能顶得上！”柏长青谦和地说。

52岁，检测队中最年长的一个。钱军清楚，柏长青同志完全可以不参加这支远征队伍，何况他是一家三甲医院的有60张病床的呼吸与危重症医学科的主任，担子很重的大医院重症病房负责人。但柏长青属于自己报名坚决要求去援非抗击“埃博拉”的队员，他的理由是：要实现“零感染”，就必须在必要的情况下帮助出意外的队员治疗，我是重症病房主任，年龄大些，经验丰富一点，遇事会比年轻人处理稳当些。

领导犹豫了半天，最后认为柏长青的意见和建议是有道理的，于是他便成了远征队伍中少有的两三位“60后”队员之一。

同一架飞机上的后勤组组长田成刚加入钱军这支队伍纯属必然中的一个“例外”：他接到上级通知参加援非抗“埃博拉”检测队并担任后勤组组长的当天，正坐在去八宝山的路上，那时的他一手抱着刚刚去世的孩子，一手拿着领导打来要他去非洲的电话。显然有关部门和领导都不知道田成刚痛失爱子的事。

“这个时候领导点名让我去非洲，一方面是对我的信任，另一方面说明我家里的不幸他们都不知道。于是我征求爱人的意见，她也是做科研工作的，知道我去非洲是参加抗击‘埃博拉’。她说我们失去了儿子非常悲痛，非洲国家现在每天都有几十几百个家庭在失去孩子，你要去，我支持你。于是我从八宝山回来就参加了出发前的准备。当日有几个领导听说我家里的事后，来劝说我别去。我把爱人的话对他们重复了一遍，领导就再没说话。我就这样参加了钱军的这支队伍……”

钱军事先根本不知道自己的队伍里还有这样的人和事，他感动地拍拍田成刚的肩膀，连声道：“好汉！真正的中国好汉！”

与钱军等差不多时间飞向非洲的中国医疗队包机还有几架。他们分别前往几内亚、利比里亚，以及塞拉利昂。李进带头的由解放军302医院31名专家组成的医疗队最庞大、实力也最强，其中5名博士，6名硕士，5个科室主任、副主任，他们既是302医院的顶梁柱，也是我国、我军传染病领域的骨干。

“报告首长，我们一定不辱使命，完成好任务，为祖国争光，为我军争光。我保证：一定把所有的兄弟姐妹平安带回，如果有一个回不来，我将留在非洲与他做伴！”出征前的壮行宴上，李进当着原总后勤部首长和医院领导及医疗队的家属们如此说。

“谁要你留在非洲？包括你，所有人必须一个不少地在任务完成后给我回来！这是我给你的命令！”医院领导立即训斥李进。

“是！”李进挺起胸膛接受“军令”。

那一刻，许多官兵和家属都流下了热泪。

流热泪的何止这一行人。

在沈阳。军区202医院血液净化科护士蔡宇接到援非命令后，望着身边的丈夫与儿子，长夜不眠，眼泪如注地往下流……最后，她把留了多年的长发剪下一截，小心翼翼地装进一只盒子里，然后推醒丈夫，边哭边交代“后事”：“家里的钱给我父母留一部分，他们把我养大不易，我还没有来得及好好孝敬他们……孩子要中考了，不能分心，你不要让他惦念我。以后你若再想找个伴，得等孩子考上大学后，行吗？”

“傻话。我和儿子等你回来！”丈夫说。

“我……怕回不来了。”

“谁说的。回得来！我们等你回来，你一定要回来！”

丈夫和儿子都来安慰蔡宇。最后蔡宇破涕为笑，说：“看来我要真不回来的话，你们爷儿俩不知咋过日子呢！”

去了，真能回来吗？其实，所有中国检测队队员和医疗队队员，在此刻，没有一个心里有底。

“零感染”？平安归来？

在那遥远的地方，真的能拯救世界？真的能保全自己的生命不被那万恶无比的“埃博拉”病毒吞灭？

所有的问号都是未知的。“埃博拉”病毒之所以疯狂得肆无忌惮，就是因为它给予人类的皆是未知。

“埃博拉”病毒给予中国援非抗击“埃博拉”的医疗队、检测队的同样是未知……一切等待较量后的结果。

第五章　国际考试

非洲不属于中国。非洲在当今国际舞台上扮演着极其重要的角色。非洲几百年来一直受到外国列强霸权者的侵袭。今天的非洲仍然留着许多西方殖民主义国家的色彩，虽然当下的世界趋势变了，但这块土地上一些曾经的殖民者仍然没有放弃耀武扬威的机会——“埃博拉”给了这些国家又一次展示自己霸权的机会。

在中国援非抗击“埃博拉”医疗队赴非之前这种情况已经出现，甚至像赵彦博大使向国内发出的紧急电文所指的那样，某些国家以“救世主”自居，先后派遣了不少医疗部队甚至是军队，当然名义上也是“人道”支援，但有一个目的是非常清楚的：借机研究神秘“生物战”的另一种可能。

本来非洲兄弟碰上了灾难，各国援助符合人道，属于在联合国要求之下的合法与正义的行动，有力出力、有钱出钱，很自然的事，但某些霸权国家为了强化他们的地位和霸主“尊严”，在援助的外衣下仍然不忘展示霸权。当全世界包括中国在内的许多国家声明派出自己的援助非洲抗击“埃博拉”医疗队伍后，某些霸权国家却想借“埃博拉”疫情展示一下它们在非洲的“埃博拉形象”——你们只能干一些基本的治疗和群防工作，检测病毒和科研工作由我们来完成，理由是：你们的医学水平和医学设备还做不到检测这样的病毒和阻止疫情的能力。于此相应地某些国家在当地制定出抗击“埃博拉”的分工：我干什么，你只能干什么……奇怪得很，中国援非医疗几十年，过去在困难时，许多非洲国家的城市与乡村只有中国医疗队的身影，而现在，某些霸权国家突然出现，并立即摆出“领导者”与“主宰者”的架势，甚至出现某国向中方提出他们要进驻中塞友好医院等无理要求的现象，并让我医务人员退之一边，服从他们的指挥。

这种“负责任”的“人道”，其实是赤裸裸的霸权。

与非洲人民友好相处几十年的中国不信邪，在第一时间派出自己最优秀的医务人员并拿出像“移动 P3”这样的先进设备，远涉重洋支援非洲兄弟，可见我中国真挚之心。

整建制的如此大规模的医疗队远征，在共和国历史上是第一次，它意味着很多想象不到的事：比如一路行程，要飞越数十个国家；如“移动 P3”等庞大的设备，空运本身就是一个巨大的困难，沿途国家能否配合也是问题。在路经某邻国时就遇上尴尬：对方不让载我医疗队和医疗装备的飞机进他们的机场进行补给。那个时候，我们是从中国大陆起飞经过他们那里，根本还没有接触非洲的“埃博拉”疫区，但人家就是不让我们靠近他们的机场中心区，理由是怕传染。最后通过各种途径游说，同意我们暂时停机加水加油，但又一连提出了几个“不”：人不能下机，飞机不能靠近他们的飞机……

远行万里之外的他乡异国，遇上的困难和想象不到的事多得很。钱军他们所知的目的地是塞拉利昂——当时“埃博拉”疫情最严重的国家。

从北京启程那天，世界卫生组织公布的“埃博拉”疫情，塞拉利昂已经位居“榜首”。“时不时可以在首都街头看到被扔的‘埃博拉’病毒患者的尸体……”有报道称。

“我们甚至还在沙滩上看到一名疑似‘埃博拉’病毒感染者，他浑浊的眼里满是求助和对生的渴望，痛苦地蜷缩着身子，挣扎了几下，不动了，嘴巴里塞满了沙子……”队员曹玉玺在到达塞拉利昂的第一天，日记里有这样一段描述。

“17 日，我们到达首都弗里敦，开始大家以为既然是首都，至少还有些能走的路，能观光的大街吧！哪知下飞机后，竟然还要摆渡半天、走很长的一段路方能到达目的地。触目惊心的是，我们真的看到了半截身子倒在污水沟里的‘埃博拉’病毒感染者的尸体……”钱军说。

那样的情景会是什么样？观者恐惧，听者照样毛骨悚然。但中国医疗队碰到的问题远不止这些。

从机场到中塞友好医院若从摆渡走水路，摇摇晃晃，恶心难受自然难免。可医疗队和检测队带的装备有几十吨重，摆渡根本不可能，必须绕道而行。

“一下飞机我就傻眼了！绕道要走 200 多公里，几十吨货物拿什么运呀？整个塞拉利昂处在疫情慌乱之中，即使平时也找不到像样的运输车辆，再加上9月雨季……总之，一踏足塞拉利昂，困难比想象的不知大多少倍！”后勤组长田成刚一脚刚踏上非洲大地时，嗓门就开始冒火。

“先别急。我联系中企看看情况……”赵彦博大使立即安抚，并随即开动所有资源。

俗话说，出门靠朋友，出国当然得靠自己国家的大使馆。很快——其实也费了不少劲，赵彦博大使动员了一家中企，派来七辆车子帮助中国医疗队搬运物资装备。即使如此，田成刚仍然不得不征求队长钱军的意见：是不是我们一起先把物资装备搬运过去？

“还用说！没有物资装备，我们人去了也没有用啊！”钱军说完，先把自己身上的背包一卸，然后朝队员们挥挥手，“哥们姐们，一起帮老田把这些物资搬到车上，运往目的地！”

“好嘞！”

没有一个人偷懒。偷懒者就不会到非洲来。不过，“拼命三郎”真到了非洲恐怕也会累垮。到达非洲陆地的头三天，医疗队队员们就累得半死，加上看到的、闻到的，以及满身出的臭汗，一场“下马威”差不多耗去了中国好男子、好女子们大半精力。

“从下飞机到最后一辆车卸完，整整四天三夜，我总共睡了不超过七个小时，而且都是在机场打盹，连酒店的钥匙都没拿出口袋……”田成刚说。

太累了。老田应该好好睡一觉。钱军他们轻轻地给他拉上房门。

“等等我！”突然，田成刚从床上跳起，追上钱军他们，“队长，要歇着的是你们这些医疗专家！建房搭棚的事由我们后勤组来完成，你们放心好了，绝对按计划准备好所有检测和医疗设施！”

钱军看着眼前这位全队的军人“后勤部长”，感动了：“好，相信你！”

关于田成刚他们如何把一件件物资、一桩桩事情安排妥当，设备安装到位，搞定队员们的吃喝拉撒等样样事情，其间的复杂性，在此不一一赘述，总之，“中国速度”又一次在非洲大地上展现。

并非中国人善于“表现”，而是为“埃博拉”病毒疫情所逼啊——

先是塞拉利昂公共卫生部的新任部长弗法纳先生来参观中国“移运 P3”安装，问这问那，最后的话是：这先进玩意到底什么时候能够用起来？

钱军说：“我们以最快速度完成准备工作。”

部长眨眨眼，期待地说：“明天最好就能用起来！”

钱军睁大眼睛。

部长说：“我的国家现在每天都有成百上千疑似者等待‘判决’。”

钱军点点头：“明白。”

总统科罗马又来了。他非常欣赏地看着中国的新鲜玩意儿，赞叹不止。

“一天能检测多少例？”总统关切地问。

“正常情形下应该可以检测 20 多例。”钱军回答。

“太少，希望更多些。”总统认真地看着中国朋友，并且更加认真地说，“希望更多些，我的人民正在经受死神最严重的侵袭……你们是值得我们信任的朋友。”

钱军重重地点头：“我们一定会尽全力！”

总统满意地转身而去，留下中国检测队队长钱军凝视的目光——他知道，这些天，整个塞拉利昂都沉浸在巨大的疫情悲伤与压抑之中：或是传来总统身边的人也感染上了“埃博拉”，或是首都的感染者超过了千人，或是三天“闭户日”还未结束又传闻一医院十几位医务人员同时感染……还有更严重的，比如在《科学》杂志上发表“埃博拉”研究文章的9名专家，无一例外地倒下了，其中一位则是塞拉利昂的首席专家。

钱军的心沉重起来，这出乎他的意料。“老田，能不能提前一天或半天完工呢？”这话憋了半天，钱军才勉勉强强向田成刚开口。

“行！争取明天就好！”田成刚一边捶着累弯的腰，一边抹着汗滴，冲钱军说。

9月23日，也就是检测队、医疗队离开祖国入塞的第六天，在时断时续的电力供应中，一个400平方米的固定实验室和1000多平方米的工作用房改造完成，检测所用的实验准备间、样本保存间、核酸检测实验间、污染物消毒间、器材储备间和工作区设施监控室等一应俱全，所有从遥远的祖国大陆运抵塞拉利昂的医疗设备、物资各就各位，并一一清点入单。

中国检测队队员们摩拳擦掌，内心却紧张不安：毕竟这是头一回检测“埃博拉”病毒，谁也没有经历过。我们对这个超级病毒一无所知，更何况我们的“移动 P3”远道而来，是否也水土不服？是否对神秘嚣张的“埃博拉”检测有效？这都是问题，必须经受考验。

“大家心里是不是比较紧张？”一个高大英俊的帅哥出现在队员面前。同事们都认识他，此人叫高福，中国检测队里的学术权威，中国最杰出的细胞研究科学家。一台“移动 P3”、一个高福院士，谁都能看到此次我国援非抗击“埃博拉”的力量之大，几乎是在亮“家底”，足见诚意和重视程度。

“怎么样，若心里有点虚的话，我上？”高福从来就是乐观派，啥事到他那儿“皆不是问题”。他的目光转向从中国疾控中心一起抽调来的年轻专家曹玉玺，这位“首战”骨干是高福精心挑选的，并决定由他亲自带赵翔和王力华两位检测员一同执行这一天的任务。毕竟，一路上的各种新闻和传闻，已经把“埃博拉”说得神乎其神，好像谁遇上它就是末日。医疗队队员也是人，是人就有恐惧心理。高福深知此理。

“哪能劳您院士大驾呀！放心吧，我们行！”曹玉玺带着两位助手，毫不含糊地回答。

“行，是咱中国的好男儿！”高福的脸上立即绽开了花。随即，他又绷紧面孔，“人家今天送来五份‘阳性’标本，是来考咱们的，这算是初试，及格不及格，你们可知道其分量啊！”

“明白。保证完成任务！”

“好，去吧！”高福一挥手，像给学生布置完作业一样，潇洒地拍拍站在一旁的钱军，说，“走，我们到办公室等结果。”

在规定的时间里，曹玉玺他们带着结果从实验室出来。

“怎么样？与标本一致？”钱军迫不及待地想知道结果，因为这关系到整个中国检测队和医疗队能否按预期展开援助工作，当然更重要的一层是涉及我们国家的形象。

“不知……”从来干脆利索、毫不犹豫的曹玉玺，这回拿着检测结果，站在队长和院士面前竟然有些结巴起来。

“怎么回事？”钱军急了。

“说吧。是什么情况？”高福关心的是我们的检测与人家送来的标本结果是否一致。

“四个标本一致，一个不太一样……是弱阳性，而且很弱，不像是。”曹玉玺尽管把结果说得很明白，但话中仍有些犹豫。

高福问：“整个测试程序没有错？”

“绝对没有错。”曹玉玺坚决地回答。

“这到底是怎么回事？”队长钱军紧张地看看刚刚从实验室出来的队友，又看看紧锁眉头的高福院士，扔下一句话便急匆匆地走了，“我去打探一下情况。”

“先别急！我先看看报告结果，你们一会儿到我办公室……”高福从曹玉玺手中拿过五份标本检测结果，回到了他的办公室。

等曹玉玺他们收拾干净后再来到高福的办公室，高福院士正在五份标本的检测结果报告书上“唰唰”地签着自己的名字，一边口中道：“我们的结果没有错，就是四阳一阴！”

“对对，就是四个阳性，一个阴性！”几乎在同一时间，钱军兴冲冲地来到高福办公室，说，“刚才我让队员鲁会军跟提供给我们标本的南非拉卡实验室联系了一下，在那里找到了一位中国留学生，请那个留学生打听清了情况，你们知道怎么啦？”

曹玉玺早就憋不住了：“钱队，快说到底什么情况？”

“本来就是四个阳性，一个阴性。”钱军说出真情。

“奶奶的，真是在考我们呢！”曹玉玺的脸噌一下涨红了，“这不是存心嘛！”

高福院士笑眯眯地拍拍曹玉玺的肩膀：“息怒。”然后平静地对队友们说：“其实这也很正常。在西方国家，一些人从来就很怀疑我们中国人能做跟他们一样的事，更不相信我们能做超过他们的事。我在跟他们打交道的十几年里，太清楚这一点了。不过我们中国人呢，就是有那么股精神，一股不服气的精神，就是不信邪，不信世界上别人能做到的事，我们做不到。这不，‘埃博拉’病毒在我们中国没有遇见过，但我坚信我们一样能研究出战胜这一病毒的关键点，同时也能在疫情暴发地拯救非洲兄弟姐妹的生命！”

“高院士，你实在是‘高’！说得太好了！”钱军和检测队队员们的情绪一下激奋起来。

“这样算不算我们的初试合格了？”曹玉玺关心的是这个。

“那当然。”高福院士肯定地说，“一会儿，我就可以对外正式宣布：我们中国实验室检测队已具备了检测‘埃博拉’病毒核酸阳性样本的能力！”

“好——！也就是说，我们可以正式上岗了？！”曹玉玺一下蹦了起来。

“高院士是这个意思吗？”钱军也异常兴奋地盯着高福。

“是这样。”高福院士重重地朝钱军点点头，又朝欢欣鼓舞的曹玉玺等人说，“大家先回去好好睡一觉，真正的大考还在后面呢！”

中国检测队的全体人员都在欢笑。这确实值得庆贺，因为这既是中国援助非洲抗击“埃博拉”医疗队的关键医学手段，也证明了中国自制的“移动 P3”实验室的国际水平。当时在“埃博拉”疫情区除了正面“交战”外，相关国家其实也在较量各自的医学科技装备。美国、英国、法国的“移动 P3”实验室在中国医疗队未抵达之前的一些日子里，趾高气扬，十分傲慢。

现在，中国“移动 P3”来了，他们自然先要看看热闹，也不乏别有用心者在期待看到中国人出洋相，因为西方世界的某些人从骨子里不太瞧得起中国人和中国人所创造的任何科学技术。

较量总是硬碰硬的，实战检验也绝对不能马虎。

9 月 28 日，“埃博拉”病毒的实毒检测工作正式在中国“移动 P3”实验室展开。这是真正的实战——“埃博拉”病毒妖魔就放在检测队队员面前，要求识别和识破它！必须百分之百的准确，否则将影响另一个百分之百的生命！

早晨，8 名检测队队员按照规定穿戴上厚厚的防护服，庄严地排列成一列，接受队长钱军和专家组组长高福院士的命令。

“不再重复了，大家已经对检测的规范倒背如流，现在需要的是稳定心境，沉着操作，滴水不漏……”高福院士把最复杂的科学道理用最简单朴素的语言传递给自己的同事。

“我们的口号是……”队长钱军则是另一种风格，他追求的是队员高昂的战斗精神和意志。现在，他是战斗出征前的指挥员。

“来之能战，战之必胜！”鲁会军、曹玉玺等 8 名检测队队员铿锵回应。

“投入战斗！”钱军下达正式命令。

“是！”

神情严肃、斗志高昂的检测队队员们迈着整齐而有力的步伐，走进“移动 P3”实验室，从此拉开了与恶魔正面厮杀的战幕——

2014 年 9 月 28 日，中国首个援助非洲的“埃博拉”病毒检测队实毒检测，于当日 10 点半正式开始。

半个小时后，灭活样本。即由检测人员通过物理或化学手段杀死病毒的过程，灭活本身不会损害病毒体内的有用抗原，以为后续实验所用。

“移动 P3”实验室从外形看，有点像我们电视里看到的“空间站”，只不过它是由三个不同的封闭体连接为一体的设备，其内器材名目繁多，俨然是一个科学实验场所。里面虽然各种器材井井有条，各就各位，但仍然无法像建在地面之上的建筑物那样，想建多大就建多大，想要多高就盖多高，“移动 P3”是一种可车载移动的实验室，空间十分有限，且严密封闭，检测人员在内十分辛苦，甚至连挪动脚步也需谨慎，有时在原地一站就是几十分钟。更何况，“埃博拉”病毒检测非同寻常，仅检测人员所穿戴的防护服装和随身防护配套器材就达数十斤。每一位检测人员在工作过程中必须高度警惕和全神贯注，加之每个程序皆在极端严密的规范下进行，意志、耐力、态度、技术、责任等等，皆在这里获得彻底的检验。而中国检测队还有另一个考验：你是唯一的一个发展中国家，你的“移动 P3”能不能站在死神的门槛上评判一名“埃博拉”疑似者的生与死——可怜的非洲兄弟姐妹将生命交付给了检测人员，你的一声“是”与“不是”，将决定他们的命运。同样，当一个病毒标本在“移动 P3”实验室暴露的那一刻，中国的检测人员毫无疑问也在接受一场生死的抉择……

一个、两个、三个、四个、五个……十个……

一个又一个病毒样本经过检测人员的手。突然，“敌情”异常！

“移动 P3”内气氛倏然紧张。只见鲁会军的双手剧烈地颤动着：他手中的镊子在夹出病毒样本时竟然从盒内拉出一段长长的异物……

什么东西？

不清楚。

室外的监视屏前，队长钱军的眼睛一下瞪大了，问实验室内指挥战斗的副队长孙宇。

是一根输液管。“前线”报告。

天哪，这绝对是危险而易传染的病原体！

要不要中止实验？副队长孙宇紧急请示。

此刻的钱军肩头一下压上一座山：如果继续实验，有可能使队员感染上病毒；如果撤离战场，则意味着首战败北。怎么办？

或许只有三秒钟的时间，但这一刻，“移动 P3”内外中国检测队所有队员的心都悬在空中，等待队长钱军的最后决定……

钱军神色严峻，双眉紧锁，旋即，他轻轻地摇了摇头，然后重重地吐出八个字：沉着稳住，继续实验。

是。沉着稳住，继续实验。

只见实验台上的鲁会军长吸一口气后，稳住身子重心，然后缓缓移动右臂，用镊子小心翼翼地将输液管针头一点点地从病毒样品盒中抽出，再轻轻投入装有消毒废液的瓶内，直至密封妥置。

我用了上述不足百字的描述，其实在实验台现场的鲁会军他们那里，就是一场与病毒恶魔惊心动魄的超级肉搏，稍有不慎，就有可能被“埃博拉”病毒击中致命，而且这种恶果是连环性的，像触雷一般。

“好样的！他们胜利啦！”钱军在屏幕前看得真切，当他看到鲁会军稳稳地操作完这一套程序后，热泪和欢呼几乎同时迸发而出。

当日下午 4 时左右，“埃博拉”病毒实毒标本的核酸检测开始。

四小时后，病毒检测结果出炉：24 个样本，17 个阳性，其余被排除。也就是说，塞拉利昂有关方面送至中国检测中心的 24 个“埃博拉”疑似病例中，有 17 人被确诊为“埃博拉”病毒感染者。这是中国援非抗击“埃博拉”医疗检测队用自己的“移动 P3”仪器第一次检测出的“埃博拉”病毒，其意义非同寻常，它不仅让我们中国医疗队和“移动 P3”技术设备通过了一次“国际大考”，更重要的是给疫情危急的西非国家带来了巨大的振奋！谁都知道，当一种传染性病毒突袭人类并造成不可逆转的死亡现象时，阻止病毒继续侵袭、及时治疗那些感染的患者是最紧迫的事，然而要做到有效、及时地拯救那些垂危的生命，关键是要弄清楚其是否真的感染上了病毒，如此方可采取针对性的治疗。在西非，像“埃博拉”这样的病毒感染，其本身很不容易分清与一般的发烧、疟疾等其他热带病到底有什么差异。第一时间及时、准确地诊断出是不是“埃博拉”病毒感染，不仅对挽救患者本人至关重要，同时可以防控他人受其感染。所以，当西非数个国家被“埃博拉”疯狂侵袭时，检测疑似患者是否真正感染上“埃博拉”病毒是最紧迫的事。因此从某种意义上讲，在当时，谁掌握了检测“埃博拉”病毒的技术与能力，谁就是主宰这场与魔鬼争夺命运存亡之战的主角。而当一些国家被“埃博拉”疫情折磨得人心惶惶，连政权都摇摇欲坠时，如果有谁帮助其遏制了这场疫情，谁就是这个国家未来命运的主宰者。

中国作为与非洲国家长期友好的国家，中国的医务人员、中国的医用试剂、中国的医疗“移动 P3”检测实验室，帮助这些疫情国家在关键时刻，及时准确地提供了患者的病情诊断，拯救的既是那些挣扎在死亡线上的患者，也是处在风雨飘荡中的国家和民族的命运。

还有另一层意义：支援非洲国家抗击“埃博拉”疫情的一些自傲的西方国家医疗机构和国际卫生组织的权威人士，再也不会戴着有色眼镜看待中国医疗队与中国医疗技术了！

这一天，鲁会军、孙洋、卢义、邓永强、杨帆、曹玉玺、张晓光、苏浩翔这 8 位中国医疗检测人员的名字，牢牢地镌刻在中国甚至世界疾病控制事业的历史丰碑上。

我知道，后来的中国“移动 P3”实验室，为西非“埃博拉”病毒疫情严重的几个国家都进行了成果卓著的检测，其检测数量和检测结果，都在同行中名列前茅，得到世界卫生组织高度评价。而最根本的，在于它及时有效地拯救了数以万计的“埃博拉”病毒感染者的生命，同时也帮助了其他病患的精确治疗。

第六章　院士高福出事！

在中国检测队中有一位重要人物，就是高福。他是院士，中国传染病研究的国宝级人物。他怎么会出事！他能出什么事！他出了事还了得！

偏偏，高福这回真的出事了！在远离祖国和家乡的非洲，在他从事和研究病毒的战场上……

这事说出来有些尴尬，但不说就有违于客观真实，去遥远的非洲拯救世界也就不显得那么惊心动魄了。

高福先生是我认识的众多院士中最年轻的一位，而且也是我特别喜欢的一位。说喜欢，是因为他属于中国院士中的“另类”。过去的几十年里，我至少采访过包括钱学森、王淦昌、袁隆平等在内的几十位院士，他们都是德高望重的优雅老帅，但高福不一样，绝对的洒脱“酷哥”，绝对诗人气质，如果他从文，一定是位天马行空的大诗人。我由衷欣喜地从高福身上看到中国新一代院士的能力与精神。

他在非洲出事的一年多后，我到他在中科院的办公室采访他。

一个科学院院士的办公室是啥样，在进他办公室之前我有不少设想，想到最多的是：特别阔大，放满各种实验仪器，以及堆积如山的资料和起码五六个助手围着他转……可一进高福那间十几平方米的狭小办公室，看着凌乱不堪的现场，我就忍俊不禁：竟然还有比我的办公室更乱的地方啊！然后我心头暗暗一笑，并自语：我喜欢此人。未见其人，为何就喜欢了？我自问自答：肯定也是个不拘小节之人。果不其然，几分钟后，大院士出现在我面前的那一刻，就证明了我的判断：他高高的个头，帅帅的样儿，一说话就是机枪般的连续不停，并且是个彻底的外向型专家，完全的新一代院士，与我早年采访过的钱学森、王淦昌等老一代院士相比，高福院士就是现在年轻人特别喜欢的那种“高富帅”。

又一次从一个人的名字里找到了相对应的命运：高福、高福，你真的是又高又有福啊！

一听我如此奉承，院士哈哈大笑——竟然还是个笑点极低的人。那天从一开始，我们俩就聊得十分开心。

高福并非“福星高照”——

院士的出身并不特别，父亲是木匠，母亲是家庭妇女，但就是这个普通的中国家庭，出了三个博士，而且有两个是在牛津大学毕业的。高福四个兄弟姐妹都上了大学。

“我的家族，农民为主，并不富裕。到这一代，家庭条件很一般，负担也重。但父亲很重视孩子的读书，我是家里长子，弟弟小我不少，可父亲在我上大学时说：‘你只管上学，家里的事你别管。’所以我们一家四个兄弟姐妹都成了‘学霸’……”高福说。

以为能当院士的大学一定上的是北大、清华是一种误判。高福说他和两个弟弟最初上的都是农业大学。他上的是山西农大，而且还是畜医专业。

“学畜医没什么不好，那至少也是生命学的一部分嘛！”成为院士后的高福如此高谈阔论，没有人敢在他面前说“不”。

大一时，高福就开始对微生物感兴趣，别人听课时睡觉，他却在纸上乱画乱写，画的尽是微生物……后来又考上了中国农业大学，之后考到了牛津大学，全是微生物，当然后来就是高级微生物理论了，且是跨学科的。后来高福又到哈佛深造，从此公共卫生领域最重要的病毒研究成了他的主攻方向，而从微生物入手，研究和击破病毒对人类的进攻，常常让他这个病毒学专家“激情澎湃”“热血沸腾”。

“人生是规划出来的，又必须时刻准备离开某一既定的道路。”院士说。听起来这是一句矛盾的话，但听他解释后我恍然大悟：“暂时离开，是为了更远更高的目标，人生选择不能一条道走到黑。那不是科学的选择。今天，万千物类和学科间，已经相互依存，各得其所，又彼此引证与促进……”

他用自己的成长过程向我们展现了一条真理道路：“牛津博士，证明我拿到了世界著名高校的学位证书，但这并不能证明我就是世界一流的科学家，于是我继续寻找世界一流的导师，到了哈佛。这就是一个新台阶，我的重新选择，让我的论文成为权威杂志的头条文章。之后我又回到牛津，当了三年老师。2004 年回国，出任中国科学院微生物研究所所长，2011 年兼任中国疾控中心副主任，2013 年当院士……”

高福成为院士，似乎一点儿也没有让人意外，完全是自然而然的。像他这样有本事的人，我还见过一位叫陈章良的，他们都属于特别厉害的新一代科学家。高福的科学研究方向是对付并消灭世界上那些形形色色的病毒，这可不是一般的科学方向，是“人体风暴”的战略与战术。何谓“人体风暴”？我在“百度”上一搜索，差点吓死：尽是美女们的裸体姿态！

高福知后必定大笑我“邪知”。

“我讲的‘人体风暴’，是指存在于我们人体中的细胞因子风暴。简单而言，就是我们人的生物肌体内的细胞免疫能力系统。‘埃博拉’病毒实际上就是在我们人的肌体中形成的一个特殊的‘人体风暴’。平时，我们人有很强的抵御外来病毒侵袭的能力，因为我们有自身的‘细胞因子风暴’，但‘埃博拉’病毒与众不同，它的攻击能力特强，就像网络世界里的一位‘超级黑客’，令人防不胜防。因此当它一旦攻击我们人类时，我们就不适应了，原本固有的‘免疫细胞因子风暴’出现混乱，最后自己死了。这是我从病毒原理的角度认识‘埃博拉’的第一点。第二点，从西非几个国家的‘埃博拉’患者的死亡情形看，‘埃博拉’病毒的感染有个规律，就是人体接触造成感染的居多。非洲人喜欢搂搂抱抱，他们有一个传统的风俗习惯尤其让人忧虑：那里的人一旦死亡后，亲属与好友都要在死者下葬前抚摸其尸体，甚至对尸体进行内脏解剖清洗……这个过程，病毒细胞的传染是最危险和严重的。

第三点，其实人类发现‘埃博拉’病毒已经有30多年时间了，它并不是一个新冒出来的病毒，但这一次特别严重，患者死亡率超高，则证明此次出现了‘超级毒王’。但这种情况出现后，我的内心其实是平静的，因为任何一种病毒，在我看来它最终依然是我们人类可以战胜的。针对‘埃博拉’，我自己很快有了对付它的方向，那就是：早诊断、早隔离、早治疗。然而遗憾的是，有几个国家并没有采取这些措施，其结果也在预料之中……”

到底是院士，而且是姓“高”的中国院士。高，实在是高！我心底很敬佩他。

“不过，这回的‘埃博拉’确实有些厉害。”高福说，“有个苏格兰的患者，好了9个月，后来又出现了病毒复发。她是在西非参加‘埃博拉’治疗的女护士。这证明，这回的‘埃博拉’病毒又有了新的变异：从急性病毒，转为慢性病毒。最近又有病例证明，1年多后，发现了‘埃博拉’病毒竟然还潜藏于男子的精子里……这说明，我们人类对这个病毒的研究和了解还远远不够，这也让我们专业人员感到肩负的责任重大！”

诗人气质的院士这一刻脸色有些凝重。毕竟，他是科学家——我心头说。

“可当国家决定援非医疗队要去‘埃博拉’疫区，而且由我担负业务主责任时，我没半点犹豫。去呗！这是我的强项，我又有院士的头衔！再说，院士也是一个‘战斗员’呀！战火之中，院士就该像战士一样冲锋在前，且应该在与敌人拼刺刀的最前沿……”

“‘埃博拉’很吓人，你身为大院士，就没有一点儿害怕？”我希望高福说出心里话。

“醉卧沙场君莫笑，古来征战几人回？”他竟然用一句古诗回应道，“我要再怕它，那它就真可以横行整个世界了！”

他真的是诗人！豪情满怀，豪气冲天！

诗人自有诗人的性格，院士更有院士的性格。院士出征，中国援非医疗队队员们的底气倍增。

“有高院士在，咱还怕啥！”上飞机离开北京的那一刻，中国援非医疗队队员们心里不免有些紧张和恐慌，但上了飞机就听到高福院士的“空中课堂”，顿时轻松许多。“尤其是他那通俗简洁的语言，生动形象的比喻，身体力行的胆识，科学严谨的作风，让我们从心底敬佩……”队员谢大新概括评价的这几点，高福甚为满意。

“踏上塞拉利昂土地的那一刻起，我们就进入了战斗的状态，除了睡觉，几乎没有一分钟是闲着的。睡觉时还常常在想如何与这个国家的卫生部门和医疗机构进行合作抗击‘埃博拉’事宜。”高福从抽屉里拿出一个紫皮笔记本，随手翻开内页，上面密密麻麻写满了字。“从出发那一天起，我就开始记日记，从西非回国后，有媒体听说我有这东西，就好心帮忙整理出一些内容，以‘院士日记’的方式在报纸上发表了。”院士说。

沉甸甸的“院士日记”，记载了一位援助非洲抗击“埃博拉”病毒的中国院士的特殊日子，令人好奇。

“在最近一系列紧张的准备与没了没完的会议之后，今天终于出发去弗里敦——塞拉利昂。

“没有写日记的习惯，但这件事太重大，太有意义了！决定从今天起开始记‘流水账’……”

“院士日记”的开篇语这样写道。

“你是哪一天出事的？”我问。

高福的眼睛一下瞪得圆圆的，盯着我不放，意思是：我出事？出什么事？谁说我出事了？

“哈哈……”我笑，“你不是去后没多久就在那边发高烧了吗？”

“噢——这事！”高福满不在乎地说，“是高烧。他们开始吓得以为我感染上了‘埃博拉’……”

“当时你真发高烧了？”

“是。还是好几天居高不下，确实把队里的人吓坏了，虽然他们没怎么告诉我他们是如何紧张的，但可以想象得出来。谁让我是院士嘛！”

高福好像从来没有把自己在塞拉利昂发高烧的事放在心上，可我在采访其他同去塞拉利昂的中国医疗队成员时，他们说当时高福院士发高烧的事还真把中国医疗队吓得喘不过气来，其实何止是近在高福身边的援非医疗队，据说高福发烧着实还牵动了中南海的神经……

这也难怪。中国医疗队临出发前，习近平主席就有话在前：我们出去的队员和专家，必须实现“零感染”。这是命令。也是党中央对中国医疗队的高度关怀，更是一条底线。为何这么说？大家清楚：“埃博拉”太厉害，中国已经有过2003年的“非典”的惨痛教训，绝不允许有一个比“非典”更厉害的“埃博拉”病毒传染到国门里来！绝不允许！再说得直白些：要阻止“埃博拉”进入中国并不是做不到的事，但要让进入“埃博拉”传染区的中国医疗队“零感染”其实是比登天还要难的事。假如感染上了怎么办？假如感染上了又治不好怎么办？

谁想过此问题吗？我问赵彦博大使。赵彦博大使涨红了脸没有回答出来。我问中国疾控中心的高级官员，他们也含糊其词地说不出一个清晰的答案。我只能问高福。

高福这样回答：“我们去一线的人，谁都做了回不来的准备。但确实我们谁也没有真正想过假如自己感染上了‘埃博拉’后会怎么办。作为病毒专家，我可以向你说句实话：我坚定地相信，即使我们中国医疗队队员中有谁感染上了‘埃博拉’，我和队友们也一定会把他从死亡线上抢救过来……”

“这是你事后的信心？还是初心？”我无比怀疑。

高福却肯定地回答：“当然是初心。”

“信心何来？”

“我在离开祖国前，就已经分析清楚了‘埃博拉’病毒传染的特点与途径，而且我在飞机上就向同行的中国医疗队队友们亮出了我的主张与观点。”高福说。

“在我看来，这仅仅是认识阶段，而真正的‘埃博拉’防治恐怕并非那么简单，比如院士你到塞拉利昂后的感受是否与出发前有所不同？”我仍怀疑，尽管他是院士。在人类与传染病毒的每一场大较量中，专家失手和死亡的例子并非少数。

“确实如此。”院士这回点头了，很诚恳地说，“你说得对。任何科学仅仅建立在认识之上是脆弱的，只有被实践证明了的经验才是可靠和管用的。这回西非的‘埃博拉’卷土重来且形成对人类严重打击的态势，事实上远比我们认识的、常规的病毒传染要复杂得多、严峻得多，关键这回是变异了的‘埃博拉’病毒，具有超级强度的进攻能力。稍有不慎，就会酿成大祸。在我们去之前，中塞友好医院连续出现塞拉利昂‘埃博拉’防治专家死亡的教训，就是一个强有力的说明……”

我打断高院士的话，直截了当地问他：“你就认为我们中国专家一定比他们当地的专家能力强吗？还是我们有‘秘密武器’？”

“从一般意义上讲，我们国家的医疗能力和水平要比塞拉利昂的强，他们的专家基本上是从我们国家的学校和医疗机构学习毕业回去的，就是说我们两国医疗专家的水平可以用师徒关系来比方。但有一点不能忽视，因为他们回到自己的国家后，几乎天天跟热带感染病毒打交道，实战经验并不比我们差，某些方面甚至还优于或超过我们的经验。只是他们受到一些本国传统习惯的影响和不能根本上摆脱本国的一些文化上的陋习，比如不像我们特别重视和注意在任何时候与病毒感染者之间保持距离。在飞机上给队员们上课时，我也特别提醒大家到‘埃博拉’传染区后，要时刻记在心头的就是要使自己在任何时候都与感染者保持必需的距离。这是最能保护自己的措施……”

“可我读了你到塞拉利昂之后最初十几天的日记，感觉似乎你天天与塞方人员接触，尽管他们都是些官员和专业人员，但你也并不清楚他们中间是否就有‘埃博拉’病毒感染者呀？”

“你的话很戳人的心！”院士大笑，然后颇为严肃地说，“真是这样。虽然我是这方面的专家，但我更是一个中国人，是一个满怀对非洲人民感情的中国医疗队队员。一到那里，我的心跟所有人一样，看到当地的疫情之严重，问题之多，心里着急，更何况有些情况远比在国内想象得要复杂和沉重得多，比如防治‘埃博拉’最需要做的就是发动民众和官方迅速行动，迅速普及基本预防知识和措施等等，这些事情如果跟不上，‘埃博拉’的传染将会日趋严重，挡都挡不住，也就是说，死人会越来越多，甚至完全失控。我们中国医疗队到达塞拉利昂最初的日子，也是‘埃博拉’疫情暴发越来越严重的日子，出现街头乱扔尸体的现象，大批塞拉利昂‘埃博拉’治疗专家死亡，民众仍然毫无保护措施。所以我们一到，立刻整天忙着跟塞拉利昂政府和当地医疗机构进行沟通，建议建立相关防护疫情的措施，以及如何最快地建起我们的病毒检测中心和介入对感染者的治疗等工作。我是中国医疗队业务方面的负责人，自然里里外外都要出面，既当战斗员，又当指挥员……有些时候明明知道不该与当地官员和治疗一线的医疗人员贴得那么近，但那是工作，那是战斗。设想一下：你是一名已经投入战场的战士，如果一颗子弹从你身边穿过，甚至擦破了你的皮肉，你还参加不参加战斗了？肯定要继续战斗嘛！这是战士的责任和命运所决定的，不可能改变。而你要继续战斗，下一颗子弹就可能击中你的脑袋。这就是战场留给战斗员的命运。我说过，我既是院士，也是战士，到了塞拉利昂，到了‘埃博拉’疫区，没有谁能逃得过、躲得了那里的空气和那里的人，更何况我们中国医疗队的目的就是为了拯救处在水深火热的非洲兄弟姐妹们，哪顾得上每分钟、每件事都百分百之地按照原先设定的‘规矩’做嘛！事实上你也没办法完全做到，人家总统和部长见了你中国朋友，一高兴就跟你又握手又拥抱，你能退后避之？跟总统和部长握手拥抱后，他的随行助手你就冷落人家了？你还得跟人家握手拥抱……这么一来，谁知道对方是不是‘埃博拉’的潜在感染者！”

“你的发烧就是在这种情形下出现的，所以把同行的整个中国医疗队吓坏了！甚至国内的领导们都紧张得不得了啊！”我说。

高福笑：“这我就不知道了。”

“院士出事，咱中国援非的面子何处搁？”我说，“关键是你这人太珍贵了！中国就你一个病毒专业研究的院士，你出了事，不仅关系到中国少了一个大院士，而且也意味着西非这场与‘埃博拉’病毒搏斗厮杀的战斗更加残酷，让人感觉不可遏制似的。”

“你这么一分析，我还突然感觉我真的不能‘光荣’啊！”高福幽默道。

“院士出事了！”这消息在刚刚到塞拉利昂的中国医疗队里算是一条不胫而走的“内部消息”，且有关人士要求“严格保密”。

“军心不能涣散，国家形象更不能受损害。这就是我们当时考虑的一直没有把高院士出事的情况对外宣布的主要原因。”长期驻扎在塞拉利昂的中国援助医疗队王队长如是说，“当时我们在前线的压力确实太大了。别说大院士出了事，就是一般的队员出了情况，大家都会特别紧张。想想看：一方面我们刚到非洲，还没有全面展开工作；另一方面习主席、党中央及有关部门的领导一再要求我们必须做到万无一失、‘零感染’，全国人民都看着我们。还有一层意思是，当时西方的一些国家医疗队也在那里，‘埃博拉’疫区成了国家与国家、军队与军队之间的一个暗地里较劲的战场，假如咱中国刚上阵就倒下一个大员，这意味着什么大家都清楚。所以高院士出现高烧的情况后，我们真的非常紧张……”

高福啊高福，你名字里的每一个字都包含了满满的吉祥之意，可你到底能给中国医疗队带来多少好运呢？

9 月 29 日，在刚刚完成病毒标本检测的“国际大考”后，中国医疗队一片喜庆的氛围，因为过两天就是国庆节，全队上下沉浸在少有的轻松快乐之中。出国半个月，大家一直处在高度紧张和劳累之中，现在检测实验室已建成，中塞医院通过日夜奋战也焕然一新，正式接收“埃博拉”病毒感染者的战斗也将拉开帷幕，于是距国庆节还有一两天的时间，队里决定举行一个庄严的仪式：重温入党誓词。

“院士，你是标准的‘高大帅’，你站在最前面，这样摄影录像留下的形象也光辉照人！”一群年轻的女军人将高福推到了宣誓仪式的最前面。这会儿我们的院士竟然像个初出茅庐的中学生一样腼腆，红着脸，扭着身子，嘴里嘟哝着：“这合适吗？合适吗？”

合适！

一支整齐的中国共产党党员队伍，在遥远的西非国家的一块空地上，举着右臂，向镰刀加斧头的红旗宣誓：

“……拥护党的纲领，遵守党的章程，履行党员义务，执行党的决定，严守党的纪律，保守党的秘密，对党忠诚，积极工作，为共产主义奋斗终身，随时准备为党和人民牺牲一切，永不叛党！”

这一天是 2014 年 9 月 29 日。这一天，高福的日记里这样记述：

上午 9：30 出发去 WHO。（天气晴。间歇性大雨。）自己驾车。

10 点开 EOZ 会。讨论几个事项后，又开始“吵架会”。中间停电……感觉无奈。

午饭在滨图玛尼。

下午 2：20 我开车去医院，帮助指导那里的工作，忙了一下午。

晚 6 点我开车回来。同行的有张必科等三人。

晚 7 点晚餐。

饭后感觉特困。睡了一会儿。9：30 检测队队员开会……

院士的日记内容很多，我做了“截短处理”。他日记的内容直截了当，时常切中时下弊病，并且总有独特的“科学论断”，比如他言及“领导的明白与糊涂之我见”：领导就是要在大部分人（群众）糊涂时指明方向；当大家都明白方向，认真做事时，领导便要开始“糊涂”——思考未来之方向，给各个战术的层面进行新的布局，在“糊涂”与浑浊中理清思路，找到新的方向……

但这一回，院士自己却因忙碌的疲惫和过度的自信，出现了一次少有的“糊涂”，令整个中国医疗队崩溃——

30日起床，有人向队长报告：高福院士体温38.1℃。

“怎么搞的？他发高烧还了得！”全队惊恐！

“吃药！药量加倍！必须把高烧压下去！”队里的几位负责人紧急汇聚在一起，悄声细语地开“秘密会议”……

“尽量不在队里扩大影响。”

“要不要向国内报告？”

“这个……”队长钱军开始踱步。

“还是不报的好。”

“如果院士一旦……咱们谁也担不起这个责任呀！”

“可一旦报上去，国内还不一片惊恐呀！”

“队长，你拿主意吧！”

争执不下。大家的目光聚到钱军身上。

“你们看我有啥用？”钱军显得有些怒了，脸色铁青，声音强压着问，“你们谁给我说清楚，高院士这两天到底在干什么？到了哪些地方？还有，跟谁接触过……”

钱军问的这些问题，其实是关键所在。病毒传染病，就是“传染”二字令人胆战心惊。在场的都是中国传染病专家，谁都清楚钱军所提问题的要害所在。

“高院士到这里的第一天起，就每天要跟当地卫生部门打交道，至少接触过当地各色人等几十个，而且在不同场合。”有人说。

“他在国内就是出名的工作狂，到这儿后每天工作十五个小时以上。他既要指导我们队员的工作，又要到中塞友好医院等病毒治疗现场察看……比谁都靠近病毒前沿！”

“他是院士，该不会比我们缺少警惕性吧。再说他的专业水平比我们都强，不至于吧？”

“正反方”激烈争辩，谁也说服不了谁。

“怕的就是他太自信，太忘我工作了……”钱军一边听着大家的争执，一边摇头感叹。

“现在重要的是要把他‘控制’起来，而且不能让外面的人看出来他被‘控制’了！这是第一点。大家请注意了:对高院士的‘控制隔离’，要做到外松内紧，不得让外人看出来，因为这涉及重要的国际影响！你们都明白吗？”

钱军没有把话说得那么透彻，但关于这一点中国医疗队的所有人都明白，因为从中国医疗队到达塞拉利昂的第一天起，多个国家的医疗队和国际媒体及相关情报机构早已“盯”得紧紧的，任何一点“情况”，都可能成为抹黑中国医疗队和抹黑中国的“爆料”。假如一条“中国顶级病毒专家、院士先生在西非防治‘埃博拉’前线感染”的消息传出去，肯定成为全世界瞩目的新闻，那对中国医疗队和中国形象将是何等的压力！

保密是必须的，但如何让之前每天出现在塞拉利昂“埃博拉”战斗现场的公众人物高院士既能保持原先的工作状态，又能确保身体情况“异常”的消息不泄露，这是个难题。

“只能听天由命了！”有人十分悲观地叹气。

“少招晦气！”队长钱军一听便来火，但他内心想说的其实也是这一句话。

听天由命，包含着顺其自然的意思。这是无奈的选择，也是人类在无法选择自己命运时的一种脆弱的表现。你又能怎样呢？当“埃博拉”突然袭击人类时，全世界所有发达国家都派出了最先进的医疗技术队伍，而且都有军队、医疗队混杂在援助队伍之中。为何？这是不能放在桌面上的“特殊任务”——探求生物战的“秘密武器”。“埃博拉”传染如此迅猛、死亡率如此之高，恰恰就是生物战所需的“高尖端武器”……这是另外的一个问题，我们不去延伸。

现场，中国医疗队最担心的是高福院士的高烧。

按照当时的规定，凡发现高烧者皆需要隔离入院。在西非国家，除眼下严重的“埃博拉”病毒袭击外，疟疾等热带病也都以发烧为最初症状。但高福院士的发烧到底是一般性的感冒发烧，还是其他热带病传染，还是“埃博拉”病毒感染？中国医疗队内部给出的初步结论首先排除了其他普通热带病传染的可能，但也并非绝对排除，因为高福同所有中国医疗队队员一样，已经踏上塞拉利昂国土有半个来月，热带病的传染有半个月时间也够了。但专家们认为，从高福和中国医疗队到达塞拉利昂后所处的工作范围看，普通热带病传染概率相对小些。普通感冒发烧？这是众望所归，但又有谁能说他高福就是普通的感冒发烧！“我身体一直是棒棒的，你看看我的肌肉！”“高大帅”的院士平时就喜欢“吹”他如何如何运动和健康，“一年到头不知生病为何物”的他，让人怎会把普通感冒发烧的事贴到他身上呢？唯一的可能就是“埃博拉”病毒“粘”上了他——可不是，唯他天天跟塞拉利昂的官员接触，唯他时不时去当地医院检查调研，技术指导……

唉，老天爷可千万别……中国医疗队的上上下下都为高福院士担心起来，几位年轻女士已经悄悄在为“高大帅”的院士祈求平安了。这不，换谁都担心死了：在发现高福第一个高烧点的当日傍晚，他的体温竟然升到了 39℃！

天！这可怎么办？中国医疗队最高决策组织的“五人小组”——现在已经剩下四人，高福被隔离，二对二的意见争执不休：一方主张立即向国内报告，以求上级指令，实施特殊措施，以防万一；另一方则主张等等再说，倘若能够自行将院士的病情降下来，治疗好，这样对稳定军心，坚定战斗决心，保护中国医疗队形象有积极意义。

“都别争了！再争十天半个月都不会有结果！”钱军抱着头，使劲地摇晃着。最后，他直起腰，说，“我们争了半天，却忽视了一个最重要的人，他才是化解高院士危险的关键性人物……”

“你说的是谁呀？”几个人不约而同地问道。

“高福！”钱军忽闪了几下眼皮，说，“除了他还能有谁？”

他？对啊，他是我们全医疗队最高技术权威、中国顶级病毒传染研究专家，遇到这样的问题，非他莫属！

“咱是不是有些不近人情？”有人喃喃道。

“什么不近人情？”钱军有些窝火，说，“你们想想，他发高烧，我们在外围能采取的措施就是将他隔离起来，送些降高烧的常规药，再配上几个医务人员在外围帮助他，我们也在隔离间外面精神鼓励他，可这些对高福院士来说，等于哄孩子一般，他全门儿清，起不了太多作用。最关键的是，真正要挺过来的话，显然要靠他自己。你们说我的话是不是在理？”

“话是这么说，可总感觉心里有些对不起院士他……”有人仍在磨叽。

“行了，谁都别装啥好人！现在最关键的是看高院士后两天的身体变化情况了！咱四个人除了日常工作外，轮流值班，监督察看高院士的发烧情况，每两小时通报一次结果。”钱军做出最后决策，然后自己去找全队最有经验的吴护士长，请她一天 24 小时全程负责高福院士的生活与治疗事宜。

“亲爱的院士同志，你现在的情况确实有些让我们担忧……但我们都有信心，你的体温是完全可以降下来的！你也是这样认为的。”钱军觉得自己今天说话有些颠三倒四的，没有一点平时那种“高山流水”的畅快。站在隔离室门外的地方，他不敢抬头正面看一眼自己亲爱的战友，因为他怕院士会嘲笑他，或者因为自己的过度担忧让院士看到后反而造成心理上的负担，“我说这些话是希望……”

“哈哈哈……”钱军突然被一阵朗朗笑声所打断。当他抬起头时，见站在隔离室内的高福院士正笑眯眯地看着他——那眼神里满满的嘲讽味道。

“你……你笑什么？”钱军一副窘相。

高福院士调皮地挤挤眼，说：“你们心里想的啥我都清楚，放心吧亲爱的同志，我知道如何对付自己的身体变化，再说，作为一名病毒研究专家，过去光在理论上和实验室里打太极拳，现在用自己的身体来感受太极拳的奥妙，其实才是考验一位病毒研究专家的本事。放心吧！你们只要按照我的请求，准时送来相应的药物和食物，其他的我自己知道怎么做……”

“保重！院士先生！我们的抗击‘埃博拉’战斗才刚开始，大家都等着你带领我们去冲锋陷阵呢！”钱军的眼里有些发热，声音变得微微颤抖。

高福微微一笑，没有说话。

分手就在咫尺之间，却仿佛远隔千山万水。这一刻，钱军是沉重的。高福其实也不平静，他感觉自己从事病毒研究半辈子，唯这一次有些粗心大意了——毕竟这儿不是国内，也不是英国的牛津和美国的哈佛，这里是以落后著称的非洲，尤其是在死亡率超高的“埃博拉”病毒传染高发期，稍不谨慎，就会酿成大错。已经有报道，美国医疗队队员不幸患上了“埃博拉”，虽然被运回美国本土，但看到运回本土的那一刻，全美上下惊慌失措的情形，就足够令身在非洲前线战斗的各国医疗队队员们心惊肉跳的了：咋了，我们千里迢迢，远征非洲，冒着生命危险到非洲支援人家抗击“埃博拉”，可一旦我们不幸感染上了病毒，你们身在后方的人竟然把我们当作瘟神一般，甚至恨不得一焚了之……悲兮！

其实与高福同一架飞机出发到塞拉利昂的中国医疗队中，还有两位特别的人物，他们便是随队医生柏长青和聂为民。所谓随队医生，就是专门负责队友的日常保健的医生，也就是说，他们是中国医疗队队员的“保护神”。当医务专家们的医务“保护神”，其本领自不用说，肯定一流。

“柏主任，你可是我们全队的守护神啊，我们的队员不能生病，也生不起病啊！”在出发的飞机上，队长钱军专门与柏长青有过一次对话。

“队长，如果让我保证全队的人不生病，我做不到，但我敢保证一旦有队员生了病，我会竭尽全力地治好他。”

“行，我要的就是你这样的人！”钱军重重地在柏长青的肩膀上“揍”了一拳。

后来的事实证明，柏长青确实没有吹牛。了解柏长青底细的人都对他的自信表示肯定。这位当年在中国“非典”暴发时战斗在小汤山医院的功臣，曾经名扬一时，后来又多次执行部队高寒地带特殊任务，同样有出色表现。这位 52 岁的老兵在出国前就为全医疗队准备了 24 个医药专用箱，选备了 500 多种药品以及监护仪、呼吸器等设备。最关键的是他与聂为民医生一起制定好了几十种可能遇到的病情的上百种治疗方案。发烧、疟疾、呕吐……热带地区的常见病、传染病是他们研究制定方案的重点，然而此次他们面对的是目前世界上没有特效药物和医疗方法的“埃博拉”病毒。

“高院士发烧时，我们已经听说一个非常严酷的现实：曾在国际著名杂志《科学》上发表‘埃博拉’论文的六名署名作者，其中有五人因感染‘埃博拉’而死亡，其中不乏塞拉利昂的首席医生。在我们已经到达塞拉利昂后那位被指派给我们检测队送标本的司机也因感染‘埃博拉’而死亡，还有作为塞拉利昂卫生部与我们医疗队联络员的蒂莫西也因感染‘埃博拉’而死亡……如此严重的情况，我们不能不高度警惕高院士发烧的病情，但我相信我们中国医生有办法、有能力让自己的队友挺过来！”柏长青的这个有办法、有能力让自己的队友“挺”过来的“挺”字很有力量。

队长钱军曾经这样评价柏长青的这个“挺”字：它代表了中国医生、中国军人的坚强自信和信仰，以及不惧任何困难的意志。

“当然，任何疾病和病毒侵袭时，患者自身的抵御能力最关键。”柏长青这样说是有道理的。

面对“埃博拉”病毒，专门从事病毒研究的高福院士这回遇上了自己如何战胜“病毒”的要命课题——

现在他在隔离室。

所谓的隔离室，其实就是用平时医疗队队员们自己居住的“蜗居”临时改造而成的。“疑似者”被告知，在隔离期间不允许擅自走出这十几平方米的“蜗居”，吃喝拉撒都要有人负责……独立与自由惯了的院士很不习惯，但必须遵守。这也是他在出国前就给援助西非抗击“埃博拉”医疗队制定的预防措施之一。教人与自我管理，尽管同样的内容，但体会绝不一样。高福这才感觉自己当时制定的每一项预防措施是那么“不近人情”。想到这里，他笑了。

独守“蜗居”，做得最多的三件事是：喝水，大口大口地喝水，这样可以压火——这是小时候生病时母亲教的一招，现在竟然也用上了。第二件事是猛吃板蓝根和白加黑，这也是中药，通常治疗发烧感冒。

第三件事是手不离体温计。按规定两小时测一次，这两小时测一次是需要“上报”的任务，但“不怕死”的高福自己其实一直在悄悄进行着每一小时测一次的“战斗”……为啥？只有他自己知道。

“在那种情形下，你真碰上了发烧，能不担心吗？我也是人呀！”事后高福这样说，“一小时一测，是格外在乎自己的身体变化。”

隔离的第二天，早上输液两袋。高福的体温测试结果是 37.4℃，属偏高；上午 9 时，我驻塞拉利昂的赵彦博大使来探望；此时体温测试结果是 37.8℃；中午，体温测试结果是 39℃！

此时高福本人有些紧张。这个时间段还出现这么高的体温，这显然接近“埃博拉”病毒患者的体征特点。但真正感到紧张的是中国医疗队上下。“院士高福出现连续发烧症状”的绝密电文，随即通过我驻塞拉利昂大使馆传回祖国，到了国家卫计委主任办公桌上，很快又进入了中南海……

“密切关注，必须确保我院士安然无恙！”祖国的命令迅速传回塞拉利昂我中国医疗队所在地。

“怎么样啦，院士同志？”医疗队领导通过对讲机询问隔离中的高福的次数越来越频繁，而且每次声音的温柔度高了许多。

“还行吧……就是有些呕吐……”

天哪！这还了得！“埃博拉”病毒感染的两大特征——发烧、呕吐他全占了！这就意味着……快，快，快给他打点滴吧！用抗生素！加倍量的抗生素！在全球无应对“埃博拉”病毒药物的紧要关头，唯一可以压制一切发烧与呕吐现象的便是传统的做法：用加倍剂量的抗生素。

解放军 302 医院的柏大夫、聂大夫和吴护士长三位大员被紧急调往高福的隔离室，实施紧急抢救方案。

“一定要用这玩意吗？”高福虽然体温越烧越高，但脑子还是清醒的，他太了解抗生素对人体的影响，于是当医生的针管对着他的胳膊时，他突然犹豫地问。

吴护士长用温情而坚定的语气答复他：“这不是你给我们医疗队制定的遇到特殊情况时的方案之一吗？”

“这倒是。”院士只得苦笑了一下，然后转过头，闭上双眼。

当夜，高福像掉进了十八层地狱一般，一夜没醒过来。第二天凌晨醒来时有些昏沉。他端起床头柜上的水杯连喝了两杯水，又躺下眯了近一小时。等再醒来时，头脑似乎轻松和清醒了许多，但浑身乏力，仿佛大病一场。

清醒后的第一件事他想到了测试自己的体温：这个最关键！

37.5℃！

高福一看这个数字，大为激动：好兆头！我说不会有事嘛！我要有事，这不让天下耻笑嘛！

这么一折腾，一兴奋，又迷迷糊糊地睡了过去。待再醒来时，已经艳阳高照了。

“院士同志，请报你的体温……”吴护士长已经站在门口。

“OK！”高福赶紧从床上起身。

“昨晚感觉如何？”吴护士长甜美柔和的声音，总让人像喝了口上等咖啡那样舒服。

“太美了！出国这些天从没有昨晚睡得那么舒服……”高福伸伸懒腰，说。

“太好了！这证明你在恢复体力。”

“我也这么感觉。”

“37.1℃……值得庆贺！”吴护士长拿着体温仪，格外高兴。

高福得意地说：“我命好！”

吴护士长的眼睛红了起来：“这两天你可把我们吓坏了！”

“是吗？”高福觉得很意外，“不就是感冒发烧嘛！”

“要是普通感冒发烧大家才不会这么紧张呢！这可是在‘埃博拉’传染中心点，你又是大院士，要真有三长两短，还不把大家吓死！”吴护士长说着说着，竟然抽泣起来。

“唉，护士长你可别这样……千万别！”高福着慌了，竟不知所措。

“没事！”吴护士长破涕为笑，“你没事，我们大家就都没事了！好好休息！你是大院士，绝对不能再出任何意外了！听话啊！”

说着，一阵风似的消失在高福的视野之外。

这一刻，高福内心突然涌起一阵前所未有的感动：是啊，我这一发烧，全队上下不知紧张到啥份上了……

这一天是高福发烧后的第四天，根据体温测试结果，医疗队领导决定他可以下楼吃饭了，也就是说暂时结束隔离，待观察。

下午和晚上，三次体温测试的结果为：35.3℃、35.1℃和35.3℃。

“万岁！高老师‘强’阴性！”当晚，中国医疗队和高福院士学生的微信圈里一下爆出上面这条信息，据说立即被刷屏了。

中国院士在非洲抗击“埃博拉”战斗一线发烧病危的情报解除，不仅让中国援非抗击“埃博拉”医疗队松了一口气，也让整个西方世界新闻媒体在抗击“埃博拉”行动中少了有关“中国问题”的一个新闻点。但无论谁都没有高福院士自己体会得深。

“在整个过程中，我有不可回避和饶恕的三‘吹’：一是在国家领导面前把抗击‘埃博拉’的任务‘吹’了回来；二是刚出国就在飞机上把抗击‘埃博拉’的知识‘吹’了起来；三是不该在开会时用电扇直对着自己吹风，这一吹让自己犯了不该犯的专业性错误……”高福院士在自己的“日记”中幽默而严肃地做了一下自我批评，尤其是第三“吹”，在我采访他时仍然念念不忘检讨。

“院士一旦出事，可就闹大了！弄不好是‘国际新闻’！这个我当时真还没有想到。哈哈哈……”原来高福院士显得特别年轻，是因为他本质上就是个“长不大的顽皮男孩”。

谢天谢地，院士平安无事，这对援非抗击“埃博拉”的中国医疗队来说，实在是件幸运的事。

其实我还了解到，就在高福连续发烧 39℃时，远在万里之遥的祖国心脏，曾经预定了一个特殊方案——派一架改装的飞机将院士接回北京，但由于当时面临两个最要命的问题：一是去接他回来的医务人员如何处置？二是谁去接替他在援非第一线的病毒研究医学任务？但这似乎还并不是领导最后选择了放弃派专机去接院士回来的方案的关键。

最关键的是，假如院士真的感染了“埃博拉”病毒，那么在飞回祖国的 20 多个小时里根本无法保证他不出意外，因为“埃博拉”病毒感染者真的基本上都在病发的一两天内死亡……假如院士也出现这种结果，他的问题另说，飞机上的其他人员又该如何保证不感染上呢？要真是这样，这架飞机该飞到何处？落在何处？着陆后又如何处置？

这是无法想象的现实！领导最后不得不向前方发出“必须绝对保证院士安然无恙”的命令。呵，多么无奈，多么痛苦的抉择。

第七章 “中国P3”，棒棒哒！

医疗队的同志后来告诉我，高福之所以高烧病倒，跟当时他和检测队队友一到塞拉利昂就连续忙碌，准备正式接收“埃博拉”临床病毒标本检测工作有关。当时塞拉利昂的“埃博拉”病毒传染暴发情况极其严重，每天成百上千人被怀疑感染，而感染者的死亡率则直线上升，全世界都为这里的疫情感到担忧。如何阻止疫情扩大，其中最主要的一点是迅速诊断那些有发烧、呕吐现象的疑似患者是否真的受到“埃博拉”病毒感染。而当时能够检测出“埃博拉”病毒感染的医疗机构没有几家，而且基本上是清一色的如美国、法国、英国等发达国家的医疗机构。

“我们中国是非洲人民最好的朋友，现在他们到了最困难的时候，我们就该尽自己的所有力量援助他们……”国务院副总理在动员会上代表中国政府向全世界发出了庄严的承诺。

医疗队伍，我们派出的是国内最棒的传染病专家和医疗人员。装备，同样尽其所能。“P3”移动检测设备是世界公认的一流传染病病毒检测仪。

2014 年 9 月 28 日，钱军、高福等五人小组决定，此日起中国检测队运用自己的“P3”设备，正式接收“埃博拉”病毒疑似临床病例样本的检测。

“你们——谁要有想法，现在可以向我提出来。”早饭之后，8 名检测队员列成一排，最后一次接受队长钱军的询问。

昂首挺胸的队员们没有一个吱声。

“上一次检测标本是别人对我们的考试。今天不一样，今天是我们检测队正式进入实战。”高福院士站在钱军身边，字字铿锵，“有惧怕心理很正常，人嘛，去见鬼谁不怕！但我们是检测队员，是中国的病毒检测专家。心里怕，就会影响工作，所以谁都不能有惧怕心理。钱队长说了，现在还来得及，如果你们有些紧张，那我先进去做个示范……”

“不行，我们去！你不能去！”想不到，8 名队员突然这样齐声回应高院士。

“院士同志，你这么大年岁了，还是让小伙子们去吧！”钱军诙谐了一下，再次向队员们喊话，“谁有想法，立即出列！”

“没有！”全体检测队队员用气壮山河的两个字回应道。

“好！现在我正式宣布检测队党支部的决定……”钱军念起名单，“鲁会军、孙洋出列！”

“到！”鲁会军、孙洋出列。

“你们俩的任务是：进入设备，完成处理样本和提取核酸！”

“是！”

“卢义、邓永强出列！”

“到！”卢义、邓永强出列。

“你们的任务是：接收样本，完成核酸检测！”

“是！”

“有没有完成好任务的信心？”钱军突然提高嗓门，问道。

“有！”鲁会军、孙洋、卢义、邓永强使出全身力气，异口同声道。

“好，准备战斗——！”

“呜——”上午 10 时 30 分左右，伴着一阵由远而近的警笛声，钱军的命令响彻中塞友好医院的每一个角落，中国检测队在塞拉利昂独立检测“埃博拉”疑似临床病例的战斗正式拉开帷幕——

“投入战斗！”指挥车上发出命令。

“是！”鲁会军、孙洋、卢义、邓永强四人立即按照规范要求，先套上棉质内胆衣，再穿上全身防护服，又在外面罩上一层手术衣，并且戴好口罩。两队一组的战友相互帮助戴好头罩，系紧挂在腰际的动力送风系统固定装置后，才各自完成最后一道穿戴程序——戴上双层手套。随后，四个人列成单队，雄赳赳气昂昂地登上“P3”移动车。

设在“P3”移动车一个拐弯处的取样口，鲁会军他们看到在距他们十几米外的隔离带后面，几十名中国医疗队的队友簇拥在一起，一个个向他们伸出大拇指：加油！

战友们的无声援助，令鲁会军他们内心充满着感激与温暖。

“P3”移动车是个全封闭的装置，唯有取样口留在不用摄像探头便可以观察到的一处空间。因为是第一次见识“P3”移动检测实战情形，没有值班的中国医疗队队友们都站在隔离带外面，全神贯注地看着卢义与塞方送“埃博拉”病例样本的卫生人员进行取样交接过程……

现场有些令人好奇：取样口是个临时搭建的木头棚，里面只有一张横放着的折叠桌，算是送样人和接样人的分界线。送样人是个看上去二十来岁的小伙子，除了戴一口罩外，没有任何防护。倒是他身后站得笔挺、穿着西装革履的司机格外引人注目。

“现在可以按照程序送取了！”指挥车上发布命令道。

这时，只见卢义上前用英语告诉那位送样的小伙子将病例样本放在桌上。对方照此要求放下手中的样箱。卢义则轻轻打开样箱检查一遍，确认无疑后，再一一进行消毒。一旁站着的邓永强则轻轻将桌上的样本缓步送到“P3”移动车的传递窗口。此刻，他身后的卢义马上提起喷射器，沿着他和邓永强走过的路线一路喷洒消毒液……

这时，“P3”移动车外面的人已经无法看到车内的情况。唯有指挥车内的监控器屏幕上能够清楚地看到车内的任何画面。

“不许出声！”狭窄的指挥车内，这一刻挤满了人，有队长钱军、副队长孙宇、指挥组组长刘文森、技术保障组组长王承宇，还有检测队队员杨帆、张晓光等八九个人挤在一起。副队长见钱军马上要给车内的检测员下达命令，用手势示意身边的人。

“确实惊心动魄！”事后，孙宇副队长感慨道，“28 日之前的所有时间里，其实我们都是在做同‘埃博拉’病毒战斗的准备，还没有真正接触过‘埃博拉’病毒。现在不一样了，是真正的‘埃博拉’病毒样本放在我们战友面前，得去‘亲密接触’它……这可不是闹着玩的。说是检测样本，其实真的是在玩命呀！”

谁说不是玩命？谁又能说这就是玩命？

“检测病毒临床样本，是防治‘埃博拉’感染的最重要的一个关口。你要防治，就得知道谁是真正的感染者，谁不是真正的感染者。所以从某种意义上讲，‘P3’检测出的结果，决定着人的生与死。”高福院士这样对我说。

“P3”移动车最危险的样本灭活工作开始了！

只见实验舱内的鲁会军轻轻打开样品盒的一瞬间，眼睛突然抬起来看了看一旁站着的孙洋……两人目光对视，显然碰到了意外情况。

怎么会这样啊！钱军得到鲁会军他们的报告是：原先确定的第一天中国检测的病毒样本是10例，结果现在鲁会军他们看到的是整整24例，多出一倍多！

“怎么办？继续检测还是……”鲁会军等请示。

“考试过了，现在又压我们任务，这太不像话了！”指挥车内有人吼起来。

“别这么理解！”钱军立即举起右手摆摆，平静地说，“或许塞方卫生部也是实在没有办法，希望我们中国检测队多干些活。现在人家整个国家都处在生死存亡的时刻，这样做也是不得已……”

钱军的话立即让指挥车内安静了下来。他的话是有道理的，后来证实，那些天塞拉利昂的疫情直线上升，诊断疑似患者的量几倍、几十倍地增长，检测任务异常繁重。所以中国“P3”移动实验室可以正式工作，对塞方而言是天大的喜讯，于是就发生了本来第一天给中国检测队10例样本检测，一下子变成24例这样的事情。

“其实我还想让他们送48例来呢！”塞方卫生部部长后来竟然向中方这样解释道。

“消除干扰，开始检测……”钱军向“P3”舱内发出命令。

“明白。”鲁会军和孙洋点点头示意。现在，指挥车内的监视屏幕上，可以通过“P3”舱内的移动探头，清楚地看到鲁会军他们检测操作的每一个细微动作。

灭活开始！只见鲁会军先与孙洋一一验证采血管上的患者信息，然后再装入灌满84消毒液的离心管中进行水浴灭活……两人动作缓慢，却配合默契，一切皆按事先设定的规程有序地操作着，这也让指挥车内的钱军和其他同事稍稍舒缓了一下紧张的情绪。

下午2时许，24例样品，在鲁会军和孙洋的并肩战斗下，全部完成检测。至此，两人在负压舱内已经连续工作了三个多小时。

另一组执行核酸提取任务的卢义和邓永强，则显然比较顺利，两人带着第一批核酸样本走出“P3”舱时，守在移动车旁的队友们激动得连声欢呼。

“P3”舱内的灭活与提取，前后近五个小时。在负压状态下，穿戴几十斤重的防护装置，通常情况下即使一动不动，平常人坚持一两个小时也需要非常坚强的意志和健康的身体素质，检测队员们就是在这种环境下，与一个个“埃博拉”进行生死较量。

这一天走出“P3”舱的鲁会军、孙洋、卢义和邓永强，着实提升了后续队员日后参加检测战斗的信心，并提供了可贵的可资借鉴的经验。

走出“P3”舱并不意味着检测任务就此完成，在对核酸进行PCR验证后拿出CT值，鉴定出样本的阴、阳性方算检测完毕。中国检测队对第一天的检测过程及结果异常谨慎细致，在鲁会军他们结束“P3”舱内的灭活与提取程序后，又集中专家组对核酸进行了反复的PCR检测对照，最后根据CT值确定：24例样本，17例阳性，即确诊为“埃博拉”病毒；5例阴性；另2例处在灰度区，也就是说可能是“埃博拉”病毒，也可能不是。“埃博拉”暴发期的样本呈阳性的比例特高，没有让中国检测专家们感到意外，相反这2例灰度区的样本令他们格外吃惊。“在我们手里，绝不能出现哪怕是半例的误判！”钱军说。

从科学的角度讲，阴阳之间有个“缓冲地带”，是允许的。但对我们中国医疗检测队所交的卷子来说，是绝对不允许的。我们必须做出判断！技术分析汇总会上，院士高福必须做出权威结论。

“看你今天的底气不太足啊！是不是身体不舒服？”高福连连干咳了几声，引起钱军的关注。

“没事。”高福一声“没事”，也就再没引起大家的其他猜测。然而此时的院士其实已经有些病状，只是他自己根本没有想到“强健”的他会有啥问题。后一天夜间开始，高烧便向他袭去——前文已有详述。

“我们是中国检测队，中国的‘P3’检测报告，一定要板上钉钉！

所以我们手下检测出的每一份样本都必须给出分毫不差的结论，这既是为了我们中国检测队和中国‘P3’设备的荣誉，更是对兄弟的非洲人民生命的极端负责……”钱军的话语调并不高，但字字掷地有声。

“队长说得对。即使干到明天天亮，也要把最准确的结果做出来！”

“好，我们马上分组进行不同的复检……”

队员们摩拳擦掌，立即重新投入了战斗。凌晨时刻，两例处在灰度区的样本终于有了最终的结论。

“同志们，我要告诉大家两件事……”黎明时分，蜷在指挥车上已近二十小时的钱军，突然站起，高声道，“第一件事是：我们第一天完成的检测样本呈阳性的数量占塞拉利昂首都和西部地区所有检测阳性的一半，也就是说，我们为水深火热之中的塞拉利昂人民逮住了疑似患者中一半的‘埃博拉’！第二件事是：我们中国公共卫生专家第一次成规模、成建制地在异国他乡跨洲执行疾病防控任务，依托完全自主知识产权的‘P3’移动式生物实验台，利用我们自主研发的检测试剂盒，成功检测出了我们国家从未接触过的‘埃博拉’病毒原体！鲁会军、孙洋、卢义、邓永强、杨帆、张晓光、曹玉玺、苏浩翔，你们的名字将被铭刻在中国的医学史上！你们身上体现的就是我们常说的‘中国制造’‘中国标准’‘中国速度’‘中国精神’！我要代表中国援非医疗队全体队员向你们八位功臣致敬——！”

“中国万岁——！”

“祖国万岁——！”

队员们簇拥在钱军的身边，个个热泪盈眶……当中国检测队的同志们给我讲述这一情景时，我尽管没有在现场，但依然被深深地感染和感动。

平常我们所说的中国精神、民族精神、时代精神，不就是这些吗？不就是这样的人创造和建立的吗？

第八章　战斗这才正式开始

我们这些普通人并不知道“埃博拉”病毒竟然会与世界上最残酷的战争平起平坐，“埃博拉”病毒是比人类通过最先进的科技手段制造的“生物战”中的病毒还要厉害的病毒。所以“埃博拉”病毒一冒出来，国际上那些对战争怀着狂热兴趣的国家便兴奋起来，他们倾尽力量，想方设法进入病毒高密传染区，打着“支援非洲”的幌子，秘密地进行着各种实验……战争的成败，在于是否抢占了制高点。

抗击“埃博拉”病毒袭击便是一场异常残酷的战争。谁首先占领了遏制病毒传染和治疗感染者的制高点，谁就赢得了未来。

因为“埃博拉”病毒特殊、危险，所以抢先遏制它的凶恶传染并治疗感染者，是所有参与这场“特殊战争”的国家和组织都想实现的根本目的。美国为首的西方世界，又一次站在非洲大地上傲慢地指手画脚，因为他们认为只有他们才具备同“埃博拉”病毒较量的技术与本钱。

“中国？中国也来了?！他们就不害怕有人将‘埃博拉’病毒带回到他们13亿同胞中重演十多年前‘非典’那样的灾难吗？”美国佬听说世卫组织邀请的中国医疗队也来到西非后，带着明显的嘲笑口吻如此议论道。

“埃博拉”袭击已经是全世界的灾难了，如今的中国有钱，连美国人也十分清楚：世界上任何事情恐怕都很难离开中国的参与了，于是抗击“埃博拉”同样需要中国。西方世界清楚这一点，酸溜溜中无法接受的一点是让中国又一次在非洲占尽风光。

于是也有了质疑——你们中国医疗队能做什么呢？检测病毒？你们怕没有这样的技术和设备吧！

你们也有移动“P3”检测设备？过得了关吗？

于是有了前面的一次次试探性的“考试”。

后来，中国检测队技术和“P3”设备都过关了！他们依然不信，跑过来亲眼察看，结果傻眼了：你们中国的“P3”装备竟然比我们美利坚的还要强啊！

于是他们怂恿非洲人：中国人行，你们应该要求他们增加检测量。

于是有了总统先生一次次亲自跑到中国检测基地，友好而高度认真地向中方提出五倍、十倍于中国检测队实际能力的检测请求。

“他们答应了吗？”

“答应了！”

“他们真的能完成那么大的检测量吗？”

“是，几乎是我们其他几个有检测能力的国家检测量的总和……”

“上帝，他们又露脸了！”

那几个自认为“老大”的西方列国在不远处的阴暗角落里晦气地议论着。

治疗“埃博拉”病毒感染者绝对可以难倒中国人！他们根本不具备这种能力！左右世界的西方“权威们”不相信中国医疗队，更不想让中国医疗队露脸。于是又有了“体面”而暗藏玄机的安排——你们中国医疗队可以成立留观医院，参与“埃博拉”病毒感染者的初级治疗。

留观？留观是何意？就是收留那些还未正式确定，但须观察 36 小时或 72 小时的疑似感染者的医疗过程。

“埃博拉”病毒传染什么时候最可怕？当然是已知感染者！

已知感染者十有八九得接受死亡的命运。然而，对活着的人来说，更为可怕的是:你活在可能是又可能不是的“埃博拉”病毒感染者之间，或者说，你好好的一个人，却被无数隐蔽着的真正的感染者包围着、攻击着……这才是真正可怕和危险的境地。

有人再一次对中国“厚爱”，分配给了中国医疗队建设一个“留观医院”的任务。这是专门为收留那些各地送来的“埃博拉”病毒疑似感染者而建设的一个医疗“中转站”。

这样的“毒任务”落在专治“毒病”的中国人民解放军 302 医院。国人都知道解放军总医院——301 医院，却并不太熟悉与 301 医院“近邻”的 302 医院。北京人熟悉这个医院，大概就是因为十多年前的那场“非典”大战。那场北京人乃至所有中国人都没有遇到过的特大瘟疫袭击北京时，北京所有的著名医院一时间几乎全部瘫痪，唯有302医院独树一帜，寒风中傲立。在举国上下无计可施，瘟疫日益猖獗之时，是302医院的姜素椿老专家挺身而出，用自己已被感染的“血清”拯救其他患者，让处在疫情深渊的国人看到了一丝希望。更光辉的篇章是，302医院在小汤山一役中将凶残一时的“非典”病毒打得落花流水。

“非洲人民需要我们，习近平主席信任我们，现在就看我们的了！”302医院在接到中央军委关于派整建制军方医疗队赴非洲援助抗击“埃博拉”战斗的命令后，我军唯一的一所传染病医院的将士们，争先恐后报名参战。最后确定第一批赴西非抗击“埃博拉”整建制现役中国军人医疗队员为30名，另加队长李进。

巴中汉子李进，别看他个头不高，却是位“年轻的老资格传染病著名专家”。2003年，因为他在“非典”战斗中表现突出，被评为“首都防治‘非典’先进个人”。过去的十多年里，国家每一次出现疫情，“让李进去”，似乎成了部队首长口中的一种习惯。这回他是中国援助非洲抗击“埃博拉”的军方“最高长官”——“其实跟打仗时的营长差不多，一旦有攻克阵地战什么的，我就是第一个冲出战壕，喊着‘同志们，冲啊’的那个人。”李进自己说。

这回与“埃博拉”战斗，情况大不一样。真的比打仗还残酷！

当然，不用回避的一个事实是：医院里有人听说要被派往非洲“埃博拉”疫区时，当场就吓哭了。谁不怕死？医生其实是最不怕死的，但医生也是人。

“如果真有一个人回不来，我李进就留在非洲和他做伴。”这是302医院医疗队临出发时，作为队长的李进当着战友和战友的家属及首长们说的话。那天，李进的家属其实也在场。

医疗队出发前的央视新闻里，每天都是西非“埃博拉”引发成片成片的非洲人死亡、全世界都在恐慌的镜头。谁在这个时候去非洲，去“埃博拉”传染疫区，又在无任何特效药物的情况下，在陌生的地方抢救医治“埃博拉”病毒传染患者，危险似乎不言而喻：医疗队去非洲，近乎“送死”。

就这样走了。

李进带了30个穿迷彩服的男男女女。出征是悲壮的，从未有过的悲壮——无论是首长，还是医院领导，或者战友和家属，谁心里都没有底。在遥远的非洲，谁也无法把控已经疯狂了的“埃博拉”，它早已是比魔鬼还要凶悍百倍的瘟神，每时每刻都在不同地方张着血盆大口，吞噬成百上千的生命……

祈求苍天保佑？中国军人从来就不相信神的保佑。

他们其实就是神——不让敌人得胜的战神！

不惧困难，不惧死亡。一往无前，唯有取胜。这是战神的风采与本色。

现在他们在遥远的非洲碰到了特殊情况：留观固然重要和必需，但在抗击“埃博拉”的主战场上，这“留观”变得有些不轻不重，弄不好反而惹出大麻烦：传染了不该传染的人群，甚至连自己都成为“埃博拉”病毒的俘虏与陪葬者。

"既然这里并不是我们自己说了算，那么我们就应该首先自觉地服从，尽一切力量把分内的事做好，做得让别人挑不出毛病，而且要确保我们全队'零感染'，才可能有更多的作为。说得再明白一点，就是我们先要把留观的事做好，再等时机和条件成熟时，直接收治'埃博拉'患者，争取更多地拯救非洲兄弟姐妹！"队长李进到了塞拉利昂抗击"埃博拉"战斗现场，每一句话都是全队的最高意志和命令。

抗击"埃博拉"的现场，比出国前想象的要复杂得多。这之前大家的思绪集中在对"埃博拉"病毒本身的恐惧，然而到了非洲，到了弗里敦才发现，真正投入战斗时，还有两件同样可怕的事：一是贫穷落后的西非国家有许多想象不到的事横亘在面前，二是傲慢而挖空心思不让中国人露脸出彩的西方同行。

比如前者，不说中国医疗队到了塞拉利昂首都机场后，还要进行一整天蚂蚁搬家式的"运输大行动"，单看那个全塞拉利昂最好的医院——中塞友好医院，此刻人去院空，杂草丛生，满地皆是污秽物和易传染的脏乱环境。最要命的是，该留在这里的塞拉利昂医生死的死、亡的亡，剩下的基本上都已逃之夭夭。

你想在此安家落户，一切就得靠自己动手。

于是，队长李进召开现场紧急会议，下令"分头行动"：后勤保障小组，全力安置医疗队的"家"，并且保证出行畅通无阻，因为在异国他乡确保战之能胜，首先得熟悉环境，筹足"粮草"。医疗技术各组，集中改建一所"埃博拉"留观医院，这是中国医疗队远赴非洲的根本性任务，决定其命运。

后勤保障小组的小伙子们忙得热火朝天，三天三夜连续奋战，头顶手抬肩扛，随机带去的50余吨物资就这样安然入库。谁都不曾想到，平时医院里最没人待见的司机班，这回在非洲大地上竟然最先给中国医疗队露脸——

“China Good！”“China Good！”

中国医疗队最先获得当地民众掌声的，是那些喷绘着鲜艳的五星红旗和用中英文标识着“中国人民解放军援塞医疗队”的车队。

“这活干得漂亮！”队长李进开心地向司机班的战友们伸出大拇指。

别小看了司机班的这些小创意，它可一下将中国医疗队亮相在非洲人民面前，让正饱受“埃博拉”之苦的疫区百姓看到了希望。

司机大邹，真名叫邹庆伟，是医疗队里的司机兼大厨，长得又高又帅，还是老兵，所以男女战友们都管他叫大邹。刚到人生地不熟的非洲，有轮子的汽车和会说英语的人，可是最吃香的“货”。大邹两样都占了。整天开着猛士越野车，在辽阔的非洲大地上奔驰，用不着控制车速与注意道路上的红绿灯——因为整个弗里敦就没有交警与路灯，无边无沿的大地就是路，只要你愿意，即使是百车并行也无妨。大邹开着猛士越野车那个爽，当然他是为初来乍到的医疗队不停地奔忙。几天下来，猛士越野车被整趴下了。大邹急得满头大汗：队长李进要求“留观医院”建设一刻也不能耽误，早一天就可以多拯救一些饱受“埃博拉”折磨的兄弟姐妹的生命。其次，医疗队几十名战友每天吃喝拉撒离不开他大邹的这辆四腿“猛士”哟！

“走，我们一起去找找有没有汽车配件店！”大邹拉上队里的翻译上了另一辆小车，就往弗里敦中心走。他们走大街串小巷，好不容易找到一家黎巴嫩人开的配件店。

突然，几位持枪的警察跑步过来，指着大邹停在店门口的车子，又摇晃着手中的枪，不停地嚷嚷着什么，神情显得格外紧张。

塞拉利昂人说的是英语，但有浓重的本地口音，即使是训练有素的专业英语翻译也听不太懂。一心想着医疗队工作受阻的大邹，一见塞方警察如此来头，急中生智，一边比画着他开来的那辆车身上的中国五星红旗和英文标语，一边不停地从嘴里蹦出“China”（中国）、“Ebola”（埃博拉）、“Car”（车）、“Bad”（坏了）等单词，如此与荷枪实弹的当地警察周旋。

原先一脸杀气的弗里敦警察渐渐平静，最后竟然满脸笑容，雪白的牙齿也露了出来，连声“OK”“China”！

“你大邹真行，刚才差点把我吓坏了！”看着远去的当地警察，随行的女翻译转身对邹庆伟耳语道。

“有啥吓坏你的？”大大咧咧的大邹不明其意。

“真傻还是假傻呀？”女翻译嗔言，“这里的警察是绝不允许有人将车子停在街头的……他们这里发生的多起恐怖事件，都是汽车炸弹干的。你这车子停在店门口，他们就特别警觉！”

“妈呀，我差点被当成恐怖分子了！”这回轮到大邹出了一身冷汗。

在陌生的非洲，有许多陌生的事情出你所料。大邹的“奇遇”毕竟小事一桩，中国医疗队所遇的困难可就比这大得多。

同机抵达的检测队钱军他们，不仅在短短的几天内通过了“国际大考”，而且投入正式检测之后的效率与检测水平遥遥领先，那几个西方国家的同行反过来“学习”“取经”。现在轮到李进他们的援非抗击“埃博拉”主力部队出击了，因为这个时候战场上又吹来一阵阵“阴风”，说什么中国医疗队是来摆花架子的，缺乏接收和治疗“埃博拉”病毒患者的能力。“他们干的是‘留观’……留着他们观察观察再说。”这话带着某种蔑视的声调传出来，在中国医疗队李进他们听来，绝对不比“埃博拉”病毒对人的杀伤力小。

李进把“形势”跟队员们一讲，立即群情激奋，大伙个个摩拳擦掌。

打仗需要战场。留观医院是中国医疗队抗击“埃博拉”病毒的第一个特设战场，它将令世人恐慌的“埃博拉”病毒引入“瓮”中——中国人早在两三千年前就有了“瓮中捉鳖”的本领。今天，在遥远的非洲，中国医疗队将运用祖先发明的战术，与“埃博拉”病毒展开一场生死决战——

完成“埃博拉”留观医院的修建，是中国医疗队进入塞拉利昂的关键一仗，这等于战场上的阵地一样，有了它，才能见到“敌人”，才能消灭“敌人”。

然而，真要消灭阵地上的敌人，战士的钢枪擦亮没有？大刀是否锐利？也就是说，对中国医疗队来说，欲在一座完整的留观医院里阻击“埃博拉”，那么就必须有足够的人力——李进带的尽管是一个整建制的中国人民解放军医疗队，但毕竟只有 30 人，根据世卫组织对“埃博拉”留观医院的要求，仅这样的一个医院的保洁人员就得 40 至 60 人（中国医疗队预设的留观医院有 40 个床位），而同样根据世卫组织的要求，这样规模的留观医院，还得起码配备 40 个护士。李进带来的中国医疗队仅有 30 人，他们都是专家和护士长级的骨干，其余的人只能向塞拉利昂政府要了。

“87 个！总统下令后，我们才从全国各地抽调了这些人员。不可能再有了……真的很抱歉。”塞拉利昂卫生部部长一再向李进和赵彦博大使解释。

只能如此。

问题是：这些塞方护士和保洁工，根本就没有预防“埃博拉”病毒传染的经验，甚至有的连起码的医务知识都没有。但像所有非洲穷兄弟穷姐妹一样，他们都好客热情，在一起时他们喜欢唱歌跳舞，搂搂抱抱，而且年轻男女们对性生活又十分放纵。在中国人看来最危险的病毒传染行为，非洲兄弟姐妹们才不管呢——事实上从来就没有人告诉他们上述行为的危险程度。

现在，中国医疗队为了确保留观医院正常工作，确保中国医疗队所有队员“零感染”和日后每天并肩战斗在留观医院的非洲兄弟姐妹们同样不被感染，李进与总领队刘柳、检测队队长钱军、副总领队高福等中国医疗队五人领导小组决定：利用修建留观医院之际，立即集中时间对 87 名塞方补充人员进行紧急培训。

“不过关的，一律不得上岗！”那时，高福院士其实已经“潜伏发烧”在体内，他这样要求中方培训人员。“为了以后的患者，也为了这87名补充人员，当然也是为了我们自己。”

动员会上，李进的话说得更严重：“高院士的要求，其实大家从刚到这儿看到的这座中塞友好医院空荡荡的现实已经明白了——医院内部感染是‘埃博拉’猖獗的一个明证。就在我们这里，我们的身边，塞拉利昂一批最优秀的医务人员，就因为相互传染而死亡了……我不是吓唬大家，而是要让各位清楚：你们的培训极其重要！假如有一个培训不过关，马马虎虎，就意味着我们整个中国医疗队、整座留观医院，甚至更大的范围，在数日之后面临一批批人随时倒下的严重危险。你们听清楚了没有？”

“听清楚了！”有一个声音盖住了所有人的嗓门。

队友们笑了，是“铿锵玫瑰”护士长刘丽英。瘦高个，嗓门特大，战斗豪情冲云霄的刘丽英挺了挺胸脯，眼神一瞥：“咋啦，培训不好非洲兄弟姐妹，你们谁愿意留在这儿当飘荡在半夜里的鬼魂？”

没有人愿意，也没有人敢哟！

培训开始。非洲年轻女人占多数，她们起初对中国“老师”教戴口罩、穿衣服、洗手之类的事觉得很好玩，嘻嘻哈哈的，甚至个别女生见了路过的英俊中国男医生，一高兴就扑上前想抱一个、亲一下！

“NO！”负责培训的刘丽英、吴丹等立即瞪圆了眼睛，大声喝令。那声音挺吓人的，塞拉利昂年轻学员们赶紧往回缩。

洗手应该这样，口罩必须这样戴，衣服绝对不能这样穿……35℃高温下，刘丽英她们一次次手把手地教，一次次将11件防护用品和

36道穿脱流程来回教授，一个小时下来，两轮演示结束，“老师”们累得上气不接下气、嗓门出不了声，可塞国的年轻护士与保洁员们竟然我行我素，连起码的洗手、戴口罩都没学会。

“重来！”

“再来！”

一周教学后，刘丽英等中国“老师”们已经累得个个脱了相，结果考卷发下去，“学生”们没几个合格！

这样下去不等于自杀吗？预定的开院时间在即，进入“阵地”的塞方护士与保洁人员这等水平，怎不让刘丽英她们生气！

重来。再来10次、20次，直到学会、成习惯、毫无差错为止……最后是刘丽英她们自己被自己的耐心与坚韧感动了。

这是2014年9月下旬那些日子里的事。同一时间里，刘丽英的男战友们则投入了另一场硬仗——改建留观医院。

时间一周，将前面被“埃博拉”彻底摧毁的中塞友好医院改建成适合接收“埃博拉”疑似病人的留观医院。

医院改医院，似乎并不复杂，但队长李进他们面对的是一座楼空草长的遗弃物——尽管在贫穷破落的弗里敦市区这座由中国人援建的建筑依旧显得别致和气派，但由于前面所发生的“埃博拉”袭击事件，这医院已经在当地人心目中变成“魔鬼城”，除了一个看守外，没有人敢到此造访。

现在，中国医疗队要将它改建成一座马上能接收“埃博拉”病毒传染患者的专业医院，难度再次摆在李进他们面前。

“一天也不能再等了！”高福院士甚至直接批评李进他们行动太慢了。“这里每天都有大量的患者在等待接治，晚一天对他们来说就意味死亡！我们没有选择，也不能选择。”五人班子会议上，高福院士用铅笔直敲笔记本，“你们是中国军人啊！遇到困难就得往上冲才是……”

李进一言不发。他才不会冲动呢！他是军人，越在这个时候，越要保持冷静，冷静了才能对战斗做出正确的指挥，才能实现敌人亡、我军存的“零感染”目标。

“零感染”，你细想想吧！在如此猖獗的疫情中心，几十个队员，既要工作，又要接触患者，还要手把手地带这帮不怎么讲规矩、守纪律的“徒弟”，怎么保证“零感染”？万一出现了某一战友感染倒下，永远留在非洲回不了祖国的情况，你李进怎么办？你真的像离开北京时所说的“陪”着倒下的战友永远“留”在非洲？你也许真的可以做到，可这样，你战友的亲人怎么办？你李进的家人又该如何办呢？李进啊李进，此时此刻，冷静应对，智慧选择，精准地决策才是根本！

“现在，首要的是把眼前这座综合医院改建成传染病留观医院的最佳方案确定下来。方案科学了，规范了，我们下一步的接收留观才可能万无一失。”李进说。

“按照现有医院的实际情况，我们设计的改建方案是这样……”负责实施改建任务的医疗组组长秦恩强，是302医院感染性疾病诊疗与研究中心副主任兼科室主任，是国内有名的传染病专家。此刻，他拿出一个传染病留观医院“三区两线”的建设方案交五人小组讨论。所谓的“三区”，指的是传染病医院通常划分的污染区、缓冲区（亦称潜在污染区）、清洁区；“两线”则指的是病人通道和医务工作人员通道。原来的中塞友好医院建筑结构是根据综合医院要求建的——四栋二层小楼，供医疗所用的三栋楼在同一条轴线上排列，中间有一条长长的走廊相连，构成一个“王”字形建筑，显然不符合传染病医院的要求。这也就有了秦恩强现在的“三区两线”方案。

五人小组一致同意这个方案，但等拿到塞方讨论时，差点被否决。

“你们既然来帮助我们，就请尽快接收患者吧！这个医院也是你们亲爱的中国朋友帮助我们建的，即使现在，它在我们的首都也还是最好的医院，何必还要进行那么大的改造工程呢？”医院的塞方院长卡努先生第一个站出来反对，他可是中国医疗队的老朋友，威望很高。“李长官，你能早一日接收病人，我就给你下跪……”卡努甚至这样对李进说。

“卡努先生，我充分理解你的心情，但你知道，我们是留观医院，也就是说，来到这里停留的患者中间有可能就有‘埃博拉’病毒携带者。这样危险的传染者如果在留观期间不给他严格的隔离区域和活动范围，他就可能到处乱跑，这就麻烦大了！我们的留观医院不就成了罪恶的‘埃博拉’传播中心了吗？美丽的中塞友好医院就可能再一次被彻底摧毁，那个时候，卡努先生，你和我就是最大的罪人。所以我们宁可现在动作大一些，也要严格按照传染病医院的技术要求去改建。”

“OK！既然这样，我听从李长官的安排。”卡努最后同意我方的改建方案。

一家正在当地工作的中资企业随即进场。中塞友好医院的院内，又开始热闹起来，连续七天七夜，灯火通明，叮叮哐哐的声音响个不停。

2014 年 10 月 1 日那天，焕然一新的中塞友好医院大门口，再次飘扬起鲜艳的中、塞两国国旗，一阵锣鼓喧天、鞭炮齐鸣之后，在塞拉利昂总统科罗马与中国驻塞大使赵彦博先生的共同见证下，一座“埃博拉”病毒疑似患者的留观医院正式启用。

当日，塞方卫生部就来电告知中国医疗队：今天有七名疑似患者前来，望留观医院做好接收准备。

国旗刚刚升起，党旗下的宣誓也才落音，“埃博拉死神”已经赶来凑热闹了！

谁先上？我？还是你？

我！

是我！

还有我！

刘丽英、孙娟、秦玉玲、王新华四名中方护士长抢先沿着那条用红色箭头标注的单行线进入病区……这之前，有人曾经提出：中方人士可以不进入病区，护理工作由经过培训的塞方护士承担。但这个意见立即被中国医疗队否定了：怎么，我们来是干什么的？是仅仅做老师的吗？不，我们是来拯救非洲兄弟姐妹的生命的，“埃博拉”越疯狂，我们就越该走在战斗的最前列，否则有辱使命，有辱我军形象、我国形象！

轮到医生进不进的问题，又有人提出不同看法：我们来的多数是专家，患者的具体治疗可以由塞方医务人员负责，中方医生和专家不用直接进入病区，更不用到患者病房里去。

这样可以避免交叉感染，也不会影响治疗效果。

真的这样吗？该如何做才是呢？

目光聚焦到了李进身上。

显然，李进并不想就此争执给出答案。行动是最好的，也是最有力的答案。

“队里并不硬性要求谁必须怎么干，但到了第一批病人进来时，我会是第一个进入病区……”李进说得平静，又仿佛平地起惊雷。

十一国庆这一天，是留观医院接收“埃博拉”病人的第一天。队长李进，既不再给队员做动员，也不向任何人发号施令，只是第一个有条不紊、动作规范地穿戴起一层又一层的防护服，表情严肃而平静，举手投足间透着几分自信与坚毅。之后，队友们看着他健步迈向清洁区最深处，轻轻地开启那道门，随后，他进入了病区……

“那天我是第一个进入病区的，但后来到底进去了多少人，我都记不清了，反正许多队友都进去了。大家似乎都想证明自己是英雄，都想与真正的‘埃博拉’较量，所以真的都很勇敢！”李进接受采访时这样说。

就没有人害怕？

“说一点不害怕是假的，但见了病人，‘害怕’二字就好像扔到了脑后。”医疗组副组长牟劲松在国内是医院重症监护中心副主任，什么样的病人都见过，但见“埃博拉”病人是第一回。

“尽管事先有种种思想上的准备，可现场却仍然有些意外。”那天，牟劲松是站在疑似“埃博拉”病人车子进院后离车子后门最近的一个医生。车门打开那一瞬间，他还是犹豫了一下：那疑似患者是个重病号，躺在救护车里站不起来，必须有人去扶。

去扶吗？扶就意味着有接触。这是规程中所不允许的。难道就让患者一直躺在车里不起？显然也不行。

也许仅是零点几秒的犹豫与激烈的思想斗争，牟劲松很快向车门前移一步，双手扶起病人，并搀扶他慢慢起身，然后下车，缓步前行……一步，十步，一直到病房。这一路并不远，也就几十步，时间也非常短暂，满打满算也就十几秒钟，却把一旁目睹这一情景的队友们吓得提心吊胆：牟劲松啊牟劲松，你这棵挺拔的“劲松”，这不是看着死神去拥抱你吗！你……唉，也许换了谁当时都会像他这么做。

可……可这样的接触意味着什么样的后果呢？谁都不愿去想，但谁都在暗暗地想。

护士长秦玉玲遇到同样的一幕：第一车病人到达，开启车门的一瞬间，她的目光与一位孩子的目光碰在了一起——那孩子出奇地瘦，像从娘肚子里生下后就没有吃饱过一顿饭似的，浑身皮包骨，眼睛硕大硕大的，眼睛里挂满了恐惧与担忧。秦玉玲马上发现这孩子是与他的母亲一同来的，母子俩显然都是疑似感染者，根本没有一点儿力气，摇摇晃晃站不住。秦玉玲甚至连犹豫的时间都没有，就去搀扶这母子俩，一直将他们送进病房安顿好。

“你疯啦！怎么一直搀扶着他们呀！”队友惊恐地责问秦玉玲。

“那怎么办？我不去搀扶，他们进不了病房呀！”秦玉玲没有说错，病人来了进不了病房，还怎么留观他们呢？

预先设定的所有“万无一失”的规程，此刻像一团泡沫，被突袭的劲风刮得烟消云散。

中国医疗队队员们也在此刻真正意识到，与“埃博拉”的战斗才刚刚开始……

第九章　死亡就在眼前

所有关于“埃博拉”的危害与恐怖的传闻，对中国医疗队队员来说，过去都是从新闻和别人的口中获得的，现在——2014 年十一那天起，他们才真正目睹并感受到“埃博拉”与死亡之间是什么关系。

死亡，对医生来说，并不陌生，然而“埃博拉”病毒传染之所以恐怖，是因为所有人都知道，一旦感染上它后，几乎没有任何拯救的办法，且患者因无法抵御和承受强大的病毒攻击将在极短的时间内丧失生命。

现在，中国医疗队的男男女女都看到了“埃博拉”是如何致命的可怕一幕——

前面说过的第一批接收的七名患者，其中有一对母子，那个男孩叫卡比亚，七岁，但看上去也就四五岁，因为卡比亚像所有严重缺乏营养的非洲孩子一样，骨瘦如柴，唯有一双大眼睛还能让人估计出他的实际年龄。

卡比亚是个很懂事的孩子，病毒已经折腾得他不能动弹，他也不跟母亲睡在一张床上——后来护士长刘丽英发现，非洲男孩都这样，他们从小就不爱跟母亲挨在一起，习惯像父亲那样，席地而卧，再好的床，对他们来说也是多余品，甚至连非洲的女人都不习惯睡床。

孩子的母亲看上去也就三十来岁，她和儿子前两天就发烧，于是被人送到了这里。

“这孩子很特别，就是因为他有一双‘非洲大眼睛’，所以我们所有的队员都对他印象深刻。”护士长刘丽英回忆说，“从车上下来的第一眼，小卡比亚就印进了我们的脑海中，他是典型的非洲孩子那种头重身子轻的形象，眼睛大得出奇。我把他和他母亲扶下车后，他第一眼看包得严严实实像蚕茧似的我时，用了好几秒时间，直到我扶着他往病房走时，一路上他也在用大眼睛盯着我，好像看怪物似的……”

“小卡比亚好可怜！他到我们这儿才两天就没了。”刘丽英很痛苦地告诉我这个孩子的命运。

那应该是 10 月 3 日早晨，在刘丽英上班检查病房时，发现小卡比亚与他母亲住的病房里，母亲躺在床板上，卡比亚则卧在地板上，蜷缩着身子，一动不动，但是那双大眼睛却仍然睁着，死死地看着床头的母亲……

“是你的孩子？”刘丽英不忍看这悲惨的一幕，问母亲。

有气无力的母亲点点头。

“他……他死了？！”刘丽英在孩子身边驻足观察后，条件反射地惊叫了一声。

“埃博拉”！“埃博拉”致死的尸体必须要立即搬走并彻底消毒！刘丽英第一次见到“埃博拉”病毒感染者死亡，那一刻她的脑子像闪动着的电影胶片，最强烈的反应是：赶紧想办法把尸体运走、隔离、焚毁。

“NO！ NO！”突然，床头的母亲用尽最后的力气向刘丽英伸出双手，恳求着。

刘丽英明白了：母亲不想让人把儿子拉走，她还想与儿子多待一些时间。

刘丽英的心一下碎了：这是违反防治“埃博拉”规程的，但也已做了母亲的刘丽英看着床头躺着的卡比亚的母亲，她的心彻底软了……

小卡比亚后来在母亲的病房里整整停留了三天，不只是母亲的原因，主要是当地根本派不出人员来处理尸体。这三天，卡比亚的母亲得到了最后的满足——她和儿子没有分开。两天后，卡比亚的母亲也闭上了双眼，随其儿子去上帝那儿寻求保佑了。

卡比亚是留观医院第一个去世的病人。他和母亲也是第一对以家庭为单位告别这个世界的“埃博拉”感染者。“尤其是卡比亚，他的那双大眼睛，给大家留下的印象太深刻，他的去世，在我们心头留下的阴影特别深。让我们真切地感受到‘埃博拉’的恐怖一面……”刘丽英说，她回国这么长时间，眼前还经常会突然闪出小卡比亚的那双大眼睛。

“每次回忆起小卡比亚的大眼睛时，我总有一种刺心的痛。但即使如此，我宁愿想起卡比亚，也不愿想起另一位孩子……”作为护士长的刘丽英，她在抗击“埃博拉”的前线待了几个月，装在心里的到底有多少个“非洲男孩”的故事，连她自己都说不清。“反正死在我面前的不止一两个。”刘丽英说这话时，猛然低下头。等再抬起时，我能看到她的双眸里噙满了泪花。

她说的另一个男孩子，其实连名字都没记住。刘丽英说：“那孩子是跟他父亲一起被送到我们留观中心的。他父亲死得很快，五天后这个孩子也死了，是死在他父亲同一间病房里。这孩子是夜间死的。我是第二天值班时到病房看到这孩子蜷缩在地板上，像头睡着的小兽，如果不是嘴角上流着一摊血，你不会看出他已经死了。”

“他死得很痛苦，也很孤独。”刘丽英的声音是颤抖的，“每一位‘埃博拉’病毒感染者临死前都十分痛苦，病毒折磨着他们的生命，直到最后一刻……尤其是这些孩子，他们本来就瘦得没有多少力气，最后连反抗的力气都被剥夺了。”

秦恩强是医疗组组长，他眼里所看到的死亡患者比谁都多。

“记忆最深的那一次是我们留观中心开诊的第四天早上。我一进病房，迎面就见地板上躺着一位全身赤裸的男患者。他的身边尽是呕吐物与排泄物……‘埃博拉’患者最后的时刻，有个共同点，就是脏，呕吐、排泄不止，七窍出血。”秦恩强说。

让秦恩强感触更深的是，在他与保洁员们刚刚处理好这具尸体，再走进另一个病房时，里面的病人也早已直挺挺地躺在地上一命呜呼了。紧接着，他来到女病号房间，一幕更加可怕的情景出现在眼前：那女患者一丝不挂地死在床底下……

“估计临死前患者痛苦不堪，一直在挣扎。”即使秦恩强说得轻描淡写，我听后仍然毛骨悚然。

有一个问题让李进他们感到很恐怖，那就是尸体不能及时被拉走。

大家都知道，“埃博拉”病毒最具感染性的源头是那些已经死亡的尸体。天热，尸体易腐烂，腐烂后的尸体比活体内的“埃博拉”病毒传染力强大百倍。

偏偏，每天都有上百患者死亡的塞拉利昂全国都没有几个拉尸队，而尸体处理是防止“埃博拉”病毒传染扩大的最关键一环。

李进他们的留观中心遇到了比死亡更具威胁性的难题。

医疗队不可能自己处理尸体，于是李进和我驻塞大使馆每天请求拉尸队尽快到留观中心来，成了一件比接收病号更紧迫的事。小卡比亚的尸体停在病房三天就是因为找不到拉尸队来。第一天没回应，第二天拉尸队来了，却因为接头没接好，拉尸队的人牛得很，扭头就走了，直到中方医疗队反复催促，塞方政府出面调配才在第三天天黑时把小卡比亚的尸体拉走。

世界上真的没有什么职业贵贱之分，本没人看得起的拉尸队，在“埃博拉”疯狂的日子里，成了非洲最吃香的职业，得一求三请才会上门服务。

留观医院的建设虽然考虑了传染病医院的特性而建，但毕竟不是彻底的重建，所以中塞友好医院像其他非洲医院一样，没有停尸房。非洲人除了贫穷之外，他们的生活自然状态居多。生者，赤条条地来到这个世上，有的孩子到了十来岁才有衣服穿；死了，他们也是赤条条地被埋在地里见上帝去了，故所有的医院都不设停尸房。如果不是“埃博拉”的缘故，整个塞拉利昂不会有人在乎死者最后的处理程序。不管谁死了，一场声势浩大的葬礼后，尸体就被拉出去埋在荒地里了事。

“埃博拉”的突袭，使得塞拉利昂和西非其他几个国家不得不迅速推出一个新职业——拉尸。拉尸队通常由警察和军人组成，也有志愿者参与。塞拉利昂首都有六辆救护车，四辆归国家卫生部“埃博拉”疫情指挥部调度，这四辆车既要运送病人，又要收尸，所以在中国留观医院开张的那些日子里，正是塞拉利昂全国暴发“埃博拉”病毒传染最严重的日子，活着的人都顾不过来，死去的人更难有拉尸队准时抵达处理。

李进他们的中国医疗队遇到的困难太多了。接收一个疑似“埃博拉”患者，对医疗队来说，就意味着多一个可怕的活生生的“敌人”；而在留观中心停一具尸体，造成的心理恐惧远比接收十个疑似患者还要严重。

“白天，大家好像因为能够相互见得着熟人还不太在意，但夜深人静时，再一想身边不远处躺着一具‘埃博拉’病毒感染者尸体，噩梦马上会出现在眼前……你说怕不怕？怕死了！”一名女队员这样对我说。她说的是实情，但在工作面前和战友面前她始终是个忠于职守的医疗队队员。

收尸队不来，不仅李进感到紧张和着急，后来连塞方院长卡努先生也紧张和着急起来。尤其是病人们，一听说他们旁边的病房里躺着已经死去的病友，骚动就开始了，整个医院吵吵闹闹，纷纷提出要离开病区。

这还了得！卡努院长和李进急得快要发疯了，电话不停地打到卫生部，甚至请求中国驻塞大使馆直接恳求总统府下达命令。

“再不来不行了呀！麻烦赵大使了，最好阁下亲自到总统府走一趟，让他们下命令吧。什么？不太可能？那我们可怎么办呀！已经有四具尸体了……估计明天还会多出几具！”队长李进把嗓门都喊哑了。

最着急的是后勤保障组组长郭桐生，因为处理尸体是他这个组的任务。李进和其他战友着急时会骂人，骂起来一定是对着郭桐生这个后勤保障组。“你们保障哪儿去了？连尸体都搬不走，你吃干饭的？”

“我……我哪知道他们连个停尸房都没有嘛！”郭桐生感到十分委屈，“没有停尸房也就算了，可谁想到连拉尸体的车子都不配！要是你们同意，干脆我去把尸体抱走得啦！”

铁汉郭桐生被战友们骂得眼泪汪汪，但仍然不顶用。

“在非洲的日子里，其实‘埃博拉’病毒患者的死亡对我们来说，已习以为常，最可怕的是他们死后的尸体没人拉走——那真的很可怕。”秦恩强说。

尸体已经在医院停放了四天多！整个医院都在烦恼焦虑和压抑之中……那个下午，似乎全医院的人都在等待拉尸队的到来。

但太阳落下地平线时，拉尸队仍然没有到达。

李进的眼睛都瞪圆了。一向温文儒雅的卡努院长甚至粗俗地骂了句“娘的”。郭桐生则蹲在地上长吁短叹，像在找地洞钻。

“来了！来了——”突然间，有人大声叫起来。李进一脚踢在郭桐生的屁股上："快去！别再让他们跑了！"

因为李进已经发现：一辆救护车开到医院大门口后，却被大门的门卫拦住。那救护车上的人生气地转身欲走。

"让他们进来！进来——！"这是郭桐生的声音，他用英语大声冲门卫说，眼珠子瞪得比铜牛眼还要圆，吓得门卫赶紧打开大门让那辆救护车进院内。

郭桐生满脸笑容地将那个收尸队队长一路接到停放着小卡比亚等尸体的病房。突然，收尸队队长朝郭桐生伸出手……

什么意思？

"清单呀！死者的清单！"收尸队队长不耐烦地说。

"什么清单？从来没有人告诉我们要这东西嘛！"郭桐生愣了，反问。

"没有死者的清单，我们怎么可以随便将尸体拉走嘛！"收尸队队长一挥手，示意他的人走。

"NO！"郭桐生一声高喝，又张开双臂，义正词严道，"我们从中国远道而来是为了帮助你们国家，帮助你们抗击'埃博拉'。现在我们遇到了困难，需要你们来帮助我们，把你们的死者拉走，他们已经停放在这里好几天了，如果再不拉走，就全部要腐烂了！那样对医院、对活着的人是极大的危险！这种情况你们也知道，是绝不允许的。如果你们不把这些尸体拉走，我们无法处理！我以一名中国医疗队队员的名义，恳求你了。"郭桐生说最后这一句时，声音哽咽了。

收尸队队长其实也是个友善的人，他只是按规矩办。"中国朋友，这是我的工作程序，有清单才能把尸体拉走。”他以放松的口气强调。

“可我们连清单都没见过呀！”郭桐生耸耸肩。

“就是这个。”收尸队队长从口袋里掏出几张纸。

“那——现在我就去把死者的名字填上行吗？”郭桐生说。

“OK！”

“好，你们先把尸体抬上车子。我去给你们填单子。”郭桐生拿过单子，飞步直奔队长李进的办公室。

“都填好了！”不到两分钟的时间，已经满头大汗的郭桐生回到了收尸队队长面前。

“NO，你填的不对。为什么你单子上的人数比实际尸体少一位？”收尸队队长发现了问题。

郭桐生马上解释：“噢，是这样。在第一位患者小卡比亚去世前，医院已经有了一位病逝者，所以我们把这些尸体放在一起。而这具尸体叫什么名字，我们这儿没有登记，不知他的名字。”

“那就不能运走，我们只能按清单走。”这回收尸队队长坚持不肯了。

“几具尸体放在一起好几天了，留一具仍然放着，不等于没有拉走一样嘛！”郭桐生气得双脚都要跳起来了。

“不行就是不行！”收尸队队长毫不妥协。

郭桐生嘴边“我们是为了你们才……”的话差点又蹦出来，可瞧那队长的神情似乎这样的话已经不起什么作用了，干脆咽了回去。

怎么办？怎么办？郭桐生急得大汗淋漓，他知道，如果李进队长和医疗队的战友们知道他还留着一具尸体没拉走的话，今晚说不定他郭桐生就只能跟留下的那具尸体睡在一起了！

对，小费！我出小费，看你还拉不拉?！郭桐生急中生智想到了这一招。

出小费这事还没有碰到过。郭桐生自己做不了主，于是对收尸队队长说了声“你等等”，便又飞步跑回到李进办公室，请求能给对方小费。李进想了想，说：“试试吧。”

好。试试去！郭桐生再次飞步跑回来，手拿 20 美元给收尸队队长，说：“你帮个忙吧！”

“NO！ NO！ 简直见鬼了！”那个收尸队队长推掉郭桐生塞过来的钱，依然坚持不肯拉那一具尸体。

郭桐生彻底瘫了！这些塞拉利昂人！啊——对呀，应该找卡努院长说理去。对对，我们去找卡努院长！郭桐生一下子来了精神，对那位收尸队队长说。卡努在当地德高望重，一听去找卡努院长，收尸队队长只好就范。

找到卡努院长后，郭桐生把前后的事如此这般一说。卡努院长马上跟收尸队队长说了一番，并且把 20 美元交给了对方。

“好吧，我们听卡努院长的。”收尸队队长立即变得友好起来。

所有的尸体拉走了。救护车出医院门口的一瞬间，郭桐生的双腿一下软了下来，扑通一下坐在了地上。

“好！任务完成得漂亮！”

郭桐生转头见是自己的队长李进。“院长，你今天是头一回笑啊！”

李进在302医院是副院长，平时郭桐生哪敢跟领导这么开玩笑。今天他真的见到“菩萨”了。

“你这小子，任务完成得好，就该表扬嘛！”李进又一次笑了。

在非洲抗击“埃博拉”疫情的战斗中，每天都可能会遇到想象不到的事。收尸是其中之一，弄不好，就会酿成大祸。302医院第一批支援塞拉利昂抗击“埃博拉”医疗队共在塞拉利昂两个月，开诊46天，接诊“埃博拉”疑似患者274人，死亡达86例。倘若这86具尸体不能妥善处置，带给中国医疗队和整个留观医院及塞拉利昂的将是何等严重的后果！

不能设想，所有细节都与死亡紧紧联系在一起，“埃博拉”疫区的任何细节，皆是危险的死亡线……

第十章　穿越死亡线

没有人告诉中国医疗队在哪个环节会因为接触“埃博拉”而造成死亡，因此“零感染”的要求，对身处“埃博拉”病毒传染风暴眼里的人来说，简直比登天还难。

非洲人不相信“人定胜天”的话，他们认为天下一切生物包括人在内，与自然是融为一体的，都有自己的法则，生与死是上帝定下的法则。所以，当“埃博拉”病毒袭击他们时，他们那些死去的亲人和朋友下葬时，活着的人认为，死者是到了去见上帝的时候，似乎与病魔没有多少关系，因此活着的人并不太悲伤，会以平静的心态为死者送最后一程。在这过程中，活着的人会用平常的礼仪，如亲吻、拥抱的方式向死者告别。这对我们中国人制定出的传染病防治条例来说，是绝对不可以的行为。钱军、李进他们的中国医疗队进入塞拉利昂后，很快就发现了这些引发“埃博拉”病毒传染加重的重要原因。但想在短期内以我们东方人的方式和传染病防治的职业标准要求非洲兄弟姐妹们，可不是件容易的事。

世界卫生组织的专家也对非洲人的生活习性和风俗无可奈何。尽管花费了巨大精力去说服和教育那些非洲政府与机构来动员和要求他们自己的百姓遵守传染病防治的规范，可收效甚微。

10 月 16 日，世界卫生组织全球预警与防范干事纳托尔先生在一份声明中说，“埃博拉”疫情已经导致西非国家 427 名医护人员感染，236 人死亡，其中塞拉利昂的医护人员死亡人数居首位。让中国医疗队感触最深的是，这个国家的几名著名“埃博拉”防治专家都因感染而不治身亡。这样的消息和死亡数值，让所有人都很揪心、忧虑。

何况，中国医疗队是举着“零感染”的目标来非洲参与抗击“埃博拉”战斗的。军人们都清楚，投入一场你死我活的战争和枪林弹雨的战场，你要取胜，又不挂彩、无伤亡，这样的要求本身就似乎违反客观规律，但中国医疗队明白一件事：习主席和祖国人民完全是出于担心自己医疗队队员的安危才下达如此命令的。

“零感染”，就是一条红线，就是一条铁的纪律，就是全体中国医疗队队员的生命线！必须遵守，绝不能逾越！

不管你是军人，还是普通的职业医生，到了非洲，到了抗击“埃博拉”的战场，你就得按习主席的要求执行和行动。

“埃博拉”病毒传染风暴眼，是一块死亡地。医务人员与“埃博拉”感染者之间仅隔一条生死线，这生死线并没有清晰的界限，只有加起来仅为几厘米甚至几毫米的薄薄的防护服和口罩、手套而已。

当然，还有那十几项分类、近百页纸的各种规矩与细则。“再凶狠的病毒，你只要与它保持一定的距离，采取适当的措施，它就不可能轻易地伤害到我们人类的生命。”高福院士在飞机上开设的“防治埃博拉”讲堂上的话，时常在李进耳边回荡，在比高福院士更伟大的病毒专家出现之前，李进把自己国家的病毒学科的院士奉为神明是有道理的，因为他相信科学，科学是唯一可以拯救人类生命的保障。与“埃博拉”的生死决战，必须信奉科学的力量，否则“零感染”只能是一句空洞的口号。

随着来到非洲“埃博拉”主战场的日子越来越长，所见所闻的疫情变化与死亡人数的巨幅增加，以及死亡人员的分类结果，让中国医疗队队员们非常清楚地认清一个基本事实：普通民众的“埃博拉”感染是因为没有采取必要的人群隔离所致，而医务人员的高死亡率则是因为医护工作人员没有遵守必要的规定而很随意地在交叉传染。结论是：看起来非常烦琐与复杂的“高福式”中国防治“埃博拉”措施，是有效阻止“埃博拉”病毒传染的根本所在。

开始有人怀疑，尤其是西方国家的那些医疗机构与权威。谁也没有经历过“埃博拉”病毒的袭击，更不用说消灭它的药物还根本没有研发出来，就连基本的和起码的防治规范还尚在仓促制定之中。

你们中国的细则就一定行了？凭什么？有人提出这样的怀疑是可以理解的，没有哪个国家见识过比“埃博拉”病毒传染更为严重的传染病。

“我们有2003年‘非典’袭击的教训与防治经验。”中国人这样回答。

想想也是。近一个世纪中还有谁能比中国当时抗击“非典”疫情的实战经验与防治体系完备呢?

实现了“零感染”的中国医疗队是这场特殊战争的胜利者，于是他们所制定的抗击“埃博拉”的所有防治细则也被奉为经典与样本——这是后话。

比较之后才能有优劣之分，生与死就在这一线之间。

塞拉利昂政府最后把中国医疗队专家的话听进去，是因为他们卫生部门的重要官员和防治专家的死亡教育了他们。

蒂莫西是塞拉利昂政府专门负责各国留观中心的协调员。小伙子三十来岁，英俊潇洒，学历又高，且善良勤奋，是这个贫穷国家里少有的年轻一代专家。中国医疗队李进、高福院士都很喜欢他。用我们中国人的话说，蒂莫西是个好干部，工作积极主动，热心帮助他人，不分分内分外。然而蒂莫西出问题也出在“工作不分分内分外”上——

为了及时了解和掌握各留观中心的情况，蒂莫西可谓是深入“埃博拉”防治一线。每到一个留观中心，他总是热心地到每个病房仔细观察，甚至同病号热心交流、谈心，化解患者的心理问题，有时跟一些想不开的病号一谈就是几十分钟。大家都称蒂莫西是个好人，谁都喜欢他。可是这样的好人，没多长时间就再也见不到他了。当卡努院长把蒂莫西的死讯告诉大家时，人们全都震惊了。

“好人不该死啊！”但在“埃博拉”的袭击中，像蒂莫西这样的好人死了一个又一个。医护人员中的好人几乎是成片成片地倒下，这是西非国家此次受“埃博拉”袭击中损失最严重的一个方面。

协调员之死，让中国医疗队再次深刻地反省：中国卫生机构和高福院士他们事先制定的那些防治细则和规矩太重要了！重要到关乎每一个病人和所有医务人员的生命，也就是说，从某种意义上讲，“零感染”就靠它！

中国专家和医疗队的这些规矩和细则，西方国家的同行们一开始就不以为然，就连塞拉利昂的卫生官员也不屑一顾，认为“没必要”。他们依然我行我素，结果是协调官感染上了“埃博拉”病毒而不治身亡。

蒂莫西的死亡对卡努院长等塞方医护人员打击极大。李进、高福等中国专家借此机会进一步向卡努院长等塞方医护人员灌输“中国理念”——蒂莫西的不幸，根本原因出在他工作时太投入，忘了预防“埃博拉”病毒传染最基本的要素；不能轻易放弃任何细微的要求。

秦恩强这样对卡努和塞方其他医护人员指出蒂莫西的问题：蒂莫西先生工作热情，做什么事情动作也敏捷，对同胞异常关爱，这些都是他的优良品质，但工作热情并不是说一定要在病房里一待就是一两个小时，按照我们所提出的科学规程，即使穿戴好防护服，一名医生最多只能在病毒传染区工作一小时左右，超过两个小时，就非常危险了；其次，一定要与感染者保持一定的距离，并且要在严格的隔离防护措施条件下方可进行短暂的交流，拒绝任何形式的直接接触。而蒂莫西经常进病房，见了患者，竟然仅戴一个口罩，甚至仅戴一层手套就去抚摸对方、安慰病人，这样实在太危险！医护人员在病毒传染区工作，与“埃博拉”病毒或者说与死亡其实只有一条分界线，那就是身上穿戴的防护服。我们中国医疗队根据自己的经验和教训，制定和设计出了从头到脚11件防护装备，包括了头上的帽子、口罩、护目镜和防护面罩等，身上是连体防水隔离服、外层防护衣，外加手上两副特制的手套、脚上的鞋套和橡胶防水靴，除此，紧贴身子的还有一套内衣。如此内外防护，严严实实的，使我们的医护人员既可正常工作，又可处于与外界隔绝的状态——保命和“零感染”的秘密全在其中。当然还要加一句：工作时的时间控制和距离控制。

“如果能做到这些，相信再强大和猛烈的病毒也不易攻击到我们人类的生命。”高福院士一直持这样的观点。

中国人和中国医疗队从2003年“非典”的巨大教训中相信和秉持这一观点。

美国等西方国家的医学专家对此摇头，他们从心底里不认为中国的医学水平和经验比他们这些“先进国家”强，按此逻辑自然也不可能制定出行之有效的规范来。

非洲兄弟国家对中国人的话还是相信的，但他们的民族特性和习惯让他们认为，中国人制定的这些规范和细则太烦琐。“这很不容易做到！”友好的卡努院长也认为他的人无法做到上述严密细致的要求，尽管他从来不怀疑中国朋友的诚意和科学态度。但在卡努和他的同胞看来，每周一次的宗教仪式——礼拜，绝对是“天经地义”、神圣不可侵犯的；既然这些都是“神”的旨意，“埃博拉”期间也不可动摇。他医院的医护人员都是有宗教信仰的人，他们去做礼拜自然不能阻拦。至于在医院公共场所聚会聊天，这也是非洲人的习性决定的，走出家庭，来到公共场所，同事之间相互交流、聊天，本身就是一种人性的基本表现，没有交流，何来感情相融？没有交流，医术上如何相互学习和提高？没有交流，何来男女之间成婚结亲、生育后代的可能？卡努院长摆出的理由都是最基本的生活道理，没有一件是违反人性的。

然而，中国医疗队的专家们则想用另一种道理说服他：我们同样认为宗教仪式神圣不可侵犯，这是指日常的没有任何外来因素侵袭的情况下，人们每逢礼拜去教堂，但现在是“埃博拉”病毒传染期间，各种人混杂在一起，你并不知道做礼拜的人中是否有人感染上了“埃博拉”，这样不是很危险吗？如果教堂里有一个人感染上了可怕的“埃博拉”，其他人则无辜地传染上了，而且因为一次上教堂又把病毒带回了自己家，再传染给自己的亲人，就会造成几个人、几十人，甚至更多的人因此死亡。这样的结果上帝也不会原谅的。上帝如果知道有这样的恶果，肯定允许大家暂时不要在“埃博拉”病毒传染期间随便上教堂，也会允许它的教徒们暂时不要做礼拜了，或者换种形式做礼拜，比如就在自己家里……这样会减少传染源，我们的医生就可以集中力量参与治疗那些已经感染并送到医院的患者。卡努院长，你说我们的建议是否有道理？

卡努院长沉默片刻后，说：“中国朋友的话无懈可击。”

“那好。如果我们的医生这段时间里在教堂做礼拜会带来某种风险，那么在自己的医院里大家经常聚集在一起聊天，同样可能会造成不设防的相互传染。因为我们很难保障某一个医生或护士在走入病房时不被病毒传染，如果这种情况出现，那这个医生或护士又并没有引起注意而继续同大家聚在一起聊天说话，搂搂抱抱，跳个舞什么的，这样也是十分危险的，传染同样令人担忧……所以你们还是建议我们的医护人员少在公共场所相互接触聊天？”卡努院长说。

“是这个意思。”李进介绍说，“我们的医疗队队员除了工作时有可能三三两两在一起值班、巡视病房外，其余时间各回各的房间，尽量做到能不在一起就不在一起。”

“那不是很不人性，很寂寞吗？！”塞方的护士长艾丽丝有些生气了，说道，“我们国家虽然穷，但大家都很友善和活跃，开心的时候，一起跳舞一起唱歌，这是必不可少的生活。”

李进和秦恩强笑笑，清楚艾丽丝的话中话，意思是：你们中国人虽然富裕，但你们缺少人性人情，还缺少爱。知道吗，爱是人最需要的，最重要的，其他不可替代！艾丽丝用那双美丽的眼睛这样告诉中国专家们。

轮到秦恩强说了，他用英语友好地回答了艾丽丝：“我们中国两千多年前就有一位圣人叫孔子，那时他就提倡人最必须具备的就是仁爱。因此我们中国人一向把仁爱当作自己民族生存最重要的法则。但中国人还有一个在仁爱之上的目标，叫作‘生命第一’。也就是说，在人类活动中，所有的爱与仁，比起生命来说，都是其次。没有了生命，爱是空洞的。让人的生命保持尊严，让每一个人能够健健康康地活着是最大的爱，比天还要大的爱。有了生命存在，我们才可能感受到爱的温度与质量。我们认为非洲兄弟姐妹的生命才是第一位的，最重要的。我想你们也会赞同这个观点：没有了生命，爱和自由是空洞的。失去了生命，谁还能感受到爱与自由呢？‘埃博拉’灾难就是想夺走我们大家的生命，看看那些已经被‘埃博拉’夺去生命的人，他们哪还有享受爱和自由的权利？没有！我们失去了他们，多么伤心！他们是我们的亲人，是同事，是朋友，我们都不愿他们离开我们……艾丽丝，你愿意看到自己的同事也像蒂莫西这样离你而去吗？”

艾丽丝低下了头，很痛苦地摇头，眼泪都流了出来。

“是啊，既然我们大家都不愿看到一个又一个蒂莫西无情地离我们而去，那么我们就应该时刻注意在疫情严重传染的时期不给病毒在我们中间交叉传染的机会。这个机会包括我们平时同事之间频繁的接触，包括非必要的‘聊天’……”

“我明白了，秦医生，我会按照中国专家的要求来管理我们的医护人员，让他们暂时保持距离，为的是在消灭‘埃博拉’之后更亲密和幸福地在一起。”艾丽丝那张美丽的脸上绽放出鲜花一般的笑颜，她向中国医生保证：以后尽可能地让自己团队的医护人员减少无谓的聊天和聚集。

秦恩强连连点头。

李进和卡努院长也笑了。他们取得了一致，这极其重要。因为中国医疗队与卡努、艾丽丝他们是在同一个医院、同一个战场、同一条战壕，中国医务人员想“零感染”，除了自己做好外，必须帮助和要求每天在一起工作的塞方医护人员同样确保“零感染”才行。

然而，李进和中国医疗队后来发现，真要让塞方人员跟中国医疗队一样，实在太难。

不同国家、不同民族、不同条件和环境下生存的人，想要统一意志、统一行动何等困难！现在，中国医疗队遇上了“饱汉子不知饿汉子饥”的情况——

不是希望卡努院长和艾丽丝教育自己的医护人员尽量少聚集在一起吗？但有一个情况卡努院长只能向李进等苦笑：这件事我实在无能为力。

什么事？

吃饭。

李进等开始并没有在意，后来发现这件事还真无法解决，甚至不得不妥协。

原来塞方医护人员有一顿午餐是必须要“享受”的，因为这顿午餐是塞拉利昂政府给国家公职医护人员特别的待遇。在这个贫穷的国家，许多人只能一天吃一顿饭，因此医护人员十分在乎医院的那顿免费午餐，它是国家提供的。为了等候这顿午餐，许多塞方医护人员下班后仍然不走，他们相聚在一起，有说有笑，目的只有一个：等候那并不太丰盛的午餐。这对塞方医护人员来说就是绝对的“国家待遇”，风雨无阻，不可剥夺！

为了防止“埃博拉”，就可以不让我们等吃这顿午餐？没门儿！塞方医护人员如果真要听说是中国人让他们这样做的话，肯定会起来集体反对中国医疗队，弄不好联合起来行动，那个时候中国医疗队就被动了。

这样的尴尬局面是中国医疗队所不愿看到的。唉，穷到一定份上，什么生与死，什么危险与平安，能饱一天、活一天就是最大的幸福了！

中国医疗队无奈地选择了妥协和退让。仅此一件事。而这一件事其实敞开的是一条通往“埃博拉”疯狂袭击的空白地带，也可以说是一个不设防、少设防的环节！

这不等于是我们天天要面临一条“死亡线”吗?！“五人小组”会议上，钱军和高福甚至提出“实在不行，找塞国总统来解决”的意见。

“总统如果能让这个国家的人民都吃饱饭的话，‘埃博拉’也不至于如此猖獗。”李进说到了点子上。因为是军人，军人在战略战术上比普通专家和科学家讲究与精通。

“死亡线”摆在大家面前，必须突破和逾越它，否则实现不了“零感染”目标。

可到底怎么干，事情则要复杂得多。

在中塞友好医院改建后的留观中心里，中国医疗队队员从人数而论，仍然是少数，连检测队队员等加起来，不过五六十人。塞方光护士和保洁员加起来就有 80 多人，连医院管理人员及院长等，超过百人。中国的五六十人是有秩序地、有规范地、按标准在做事，人家一百多人的医护工作人员，每天陪伴在你们身边，你那些严格的、严密的、严谨的制度与细则要求，不就等于零了吗?

这把李进和所有中国医疗队队员急坏了！

还是三个字：怎么办?

这应该是在 2014 年 10 月中旬，中国医疗队的留观中心正处在任务越来越重的时刻。每天进入的留观人数有十几、二十多人！最多时全院仅有的40余张床位全部用上后还有二三十个患者一起挤到了病房……在如此拥挤的病毒感染区域里工作，被感染的概率比平时高出几倍！

生死考验，到了要命的关头。中国医疗队队员一边承担着越来越繁重的工作压力，一边还在不停地加重心理上的负担。

“看到塞方人员经常不按规范和要求工作，随便脱被感染的防护衣，随便走来走去，真是把我们急死了！可又只能干着急，他们又不是我们的人，不能随便训斥和批评！”李进说。

“后来我们总算先找到了一个具体的措施。”秦恩强说，“除了平日我们分开塞方人员生活区外，还在下班时实行分道而行的措施，让那些可能在值班时被感染的塞方医护人员不与我们的人同行出口……”

秦恩强所说的是：最早在改建留观医院时，设计的“三区两线”，是个大循环。所有值班人员从二层的清洁区进留观中心内部，经过二层的缓冲区再进入二层和一层的污染区。工作结束后，所有的人员再从一层的污染区离开，走过一层的缓冲区，然后再抵达清洁区。这个循环是没有回头路的，科学而清晰，对病毒传染具有空间上的阻隔。但这样的线路因为塞方医护人员出污染区时不重视和随意脱衣的习惯，影响到中国医疗队员的安全，因此中国医疗队决定与他们分道而出。

“我们选择了走回头路。就是在下班时，重新多走一段污染区。”秦恩强说。

“这等于增加了我们队员在污染区被感染的概率吧？”我说。

“从理论上讲和现场实际情况都是这个意思。”秦恩强说。

“那——从另一角度说，是不是我们把少一份感染的机会让给了塞方医护人员？”

“对。他们的线路是我们最早设计的，也是为了我们自己不受感染或少受感染设计出的一条很科学的线路。每天上下班走这样的线路，大家称其为穿越死亡线的过程。而现在，与塞方人员分道而行，实际上我们让自己多踩了一次死亡线……”李进道。

呵，不在“埃博拉”病毒传染现场的人，是无法想象这么一件小小的事情，或许涉及几个人、几十个人，甚至几百人的生命安危！

“塞方医护人员后来的情况怎么样呢？”我关心这个问题。

“我们那个医院好一些。不管怎么说，我们中国医疗队的言传身教，多少对塞方医护人员是个榜样。但其他地方的情况就惨了……”李进长叹一声，说，“就在那段时间，弗里敦的各国留观中心和塞拉利昂本国的医护人员中，就有128人感染上‘埃博拉’，其中102人死亡。”

天哪，这么大规模的医护人员感染率和如此高的死亡率！风暴眼中央的中国医疗队想保持“零感染”，不是比登天还难吗？

“可以这么说。难就难在并非我们自己做得好就可控了，人家塞方一些医护人员，还有自认为在传染病防治方面是老大的西方国家的医务人员，他们起初都不太相信我们所制定的规范和细则能从根本上预防和阻止‘埃博拉’病毒传染，所以照常我行我素。结果传染率和死亡率不断攀升，最后连他们都感到恐怖和害怕。这个时候他们觉得应该向中国医疗队学习了，尤其一到我们这儿一看，更加感到我们的那一套确实顶用，是防治‘埃博拉’病毒传染的科学方法。”高福院士很骄傲地告诉我。

到底中国医疗队用的是什么“秘密”方法确保自己的队员不在“埃博拉”风暴眼里的死亡线上“躺倒”，这是我很想解开的一个谜。

那天在采访李六亿博士时，其实她已经给我讲得很清楚了。现在，再听李进他们讲述在前方经历的这些与“埃博拉”惊心动魄的生死激战后，才再次想到了李六亿博士为什么反复强调“穿戴防护服”的重要性。

“脱，其实要比穿重要得多。”李博士说，“因为穿的时候，我们的医护人员是在清洁区，这个时候所有的东西都还处在清洁状态；再者我们要求进入病房区的人必须两个两个的，故穿防护衣时同事之间可以相互帮助、照顾和提醒。但从污染区出来时，防护服已经污染了，这个时候脱掉防护服的过程需要十分甚至万分的小心谨慎。一则不会有人帮助你，二则你已经在里面工作了一两个小时，体力消耗到了极致状态，一般人会力不从心，脱着脱着可能就支撑不住。摇摇晃晃时就可能使自己的身体和皮肤接触到污染物。还有一点也容易让人放松警惕，就是一般的心理认为，反正出污染区了，下班了，心境一下放松了，干什么事都变得随意随性，结果就可能大意失荆州……”

“我们反复向出征的医疗队队员们讲‘脱比穿更要小心翼翼’，就是为了防止上面这些情况。”博士的话此刻在我耳边久久回荡。

惊心动魄，心惊肉跳，方寸惊魂……所有这些惊险的词语，在与“埃博拉”的较量中，中国医疗队员天天要经历、感受。

秦恩强是医疗队的医疗组组长，被战友们誉为与“埃博拉”决战的尖刀排排长，但他也是天天生死未卜，这不——

“第一天从污染区出来，我就差点出事……”他说。

为什么？

“虽然制定的细则上讲，我们穿上十几层的防护服后最多只能在里面待一个半小时，但其实一进病房，一个一个患者查问清楚，再做一定的医疗安排后，发现就差不多两个小时了。天又热，穿十几层密不透气的防护服，整个身子像浸在水里似的，难受不说，体力消耗顶不住呀！”秦恩强板着脸，越说越严肃，“开始以为两个来小时从里面出来就可以喘一口气了。哪知道脱衣服的过程竟然用了整整 20 分钟！这 20 分钟可把人整惨了……”

有人告诉我，不止秦恩强一个人在脱衣服过程中，差点虚脱晕倒。

“这个时候一旦倒下了，就非常危险，因为你几乎会百分之百地碰上污染物，也就是说你会极大可能地在此刻感染上‘埃博拉’病毒。”高福院士解释道。

啧啧！这样的险情或许防不胜防。然而，中国医疗队队员就是在这种情形下战斗着。

关键这样的危险情形，每个医疗队队员都会遇上，而且情形有时出乎意料。一个女队员告诉我，她平时做事十分细致，但问题出在自己的身体不适于当时的工作强度。那几天留观中心进进出出的病人特别多，她与战友们进病区的时间被一次次拉长，通过探头在外负责监督的战友一次次提醒在病房内查病的她“已经超时”了。“可我不能因为超了几分钟就不管患者的事。那些患者你并不知道他（她）会在我们查房的现场出现什么情况。那一天的情况就是这样：我和另一位同事进一个患者病房后，他很狂躁，来回在走廊里走动。最后好不容易将他劝回病房，让他配合治疗。他不从，嘴里叽里咕噜地一直念叨些什么。后来翻译告诉我们，这患者担心家里有人也可能传染上了病毒，但没人送她们去医院，于是他想出去帮助她们。我听明白了患者的意思，就安慰他，说一会儿我们马上会通知有关方面，通知到他家人。如此一折腾，在他病房里就多待了十几分钟。要说平时，我也就仅仅感觉累了些而已，但那些天正赶上'大姨妈'来，体力消耗特大。在脱防护服时，就支撑不住啦，同事说我摘脸罩时根本抬不动手，脸都变形了，摇摇晃晃，差点一屁股坐在地上。真要坐下去，可能整个身子都会接触到污染物。那就意味着离'埃博拉'很近很近了，队里有可能对你采取 21 天的隔离措施。所以说，我们每天就像双脚踩在生与死的门槛中间。稍有不慎，将酿成大祸！"

"其实每个队员的压力都很大。"一位男队员如此说，"老实说，自己牺牲了无所谓，可你身后是整个中国医疗队，整个 302 医院，当然还有我们自己的家庭和亲人，以及整个祖国的声誉。想想这些，你心理上就会有无限大的压力。你个人的安危，事实上也连着许多人的命运。这是绝对的。"

身不在其中，自然很难理解中国医疗队在抗击"埃博拉"的现场是何等的危险。

第二批援塞医疗队队员孙李健、霍翠花值班时就遇到了类似的险情。两人一起穿着防护服进入污染区，给每一位病人进行诊治之后，已经疲劳不堪，回到第一缓冲区，两人按程序相互喷射消毒液之后，开始各自脱下身上的一层层防护服。就在这个时候，霍翠花看见孙李健脸色剧变，整个脸憋得通红，呼吸也跟着急促起来，雨点一般的汗珠一下掩住了护目镜……

“孙李健！你怎么啦！”霍翠花尖叫起来。

孙李健已经站立不住了，双腿在剧烈地颤抖。此时，最严重的情况出现了——被汗水湿透的口罩突然贴住了他的口鼻，令他无法正常呼吸。孙李健急坏了，下意识地抬起双手欲扒口罩——而此刻他的双手则戴着已经污染了的手套。如果这个时候，他去扒口罩，极可能感染上“埃博拉”病毒……

千钧一发之际，一旁的霍翠花大声吆喝了一句“孙李健——慢”后，只见她顺势抄起墙角的一瓶赛诺士消毒剂，猛地向孙李健的双手上喷过去：“快搓手！快快！”

孙李健顺势搓手，反复几下后，重新使劲扒下已经牢牢贴在口鼻上的口罩，然后瘫靠在墙上大口大口地呼吸着……

“真好！感觉真好……”孙李健的胸脯像风箱似的起伏，有气无力地对霍翠花苦笑道，“你……你救了我，否则我怕就回不了家啦……”

他这话，惹得霍翠花呜呜地痛哭了好长时间。

与“埃博拉”的战斗就是如此残酷与无情！中国医疗队队员依靠科学规范和坚强意志，千百次地蹚过了死亡线，赢得了全世界同行的敬佩与羡慕。因为，一向牛气冲天的美国医疗队，他们在西非的同一战场上，屡屡出现了医护人员患上“埃博拉”的险情，不得不将自己的患者远道运回美利坚，这样的消息全世界人都知道。

中国医疗队依然在“零感染”的警戒线之下。

但这样的警戒线能坚持多久？

没有人敢回答。可李进、钱军、高福，还有赵彦博大使他们这些在一线的指挥员，必须向自己的祖国庄严承诺——

“我们保证！”

为这四个字，他们的代价又是什么呢？

第十一章　让倒下的都站立起来

战争对所有参战者都是公平的，死亡和生存，胜与败，其实也是均等的。没有绝对的胜者，百分之百的王者只存在于传说之中。

与“埃博拉”的决战中，中国医疗队之所以能够“零感染”完胜，取决于他们能够让所有倒下的人重新站立起来，这本事就是科学，就是实力，就是自信，就是意志和不可思议的考验。

藏着思念的眼泪

写下潮湿的诗句

从腊梅盛开的那个夜晚

吟唱到朝霞的清晨

我的脚步徘徊

却无法记录下对你无言的惦记

我把思念托嘱给鸿雁

捎去父母心里的牵挂

背负祖国的重托

牢记我军的使命

你用真挚的情谊

在异国与“埃博拉”抗命

你用无私无畏的胸怀

为他乡人民带去健康幸福

光荣属于你

祖国不会忘记

我女儿的——你

这首诗是一位老军人在他女儿出征非洲后写的，可谓情真意切。后来我确认这位老军人不是真正的诗人，这是他在特殊情形下的真情流露。此诗写出了一位父亲对女儿的牵挂与自豪。

其实，在当时的形势下，尽管中央对中国医疗队下达了“零感染”回国的命令，但谁的心里都清楚：“埃博拉”让非洲人死了那么多，怎么会轻易放过投身于风暴眼里的中国人？没有人相信每天跟“埃博拉”打交道的人不感染，非洲国家成批成批的医护人员死亡是最好的证明，美国医护人员感染上“埃博拉”也更加说明这一点。难道“埃博拉”就唯独“照顾”咱中国人？这是不可能的事。魔鬼才不长眼呢！

“零感染”对中国医疗队来说，实际上仅仅是一项铁的任务和命令。不可避免的死亡与牺牲，其实是所有医疗队队员心底早已做好的最后准备，没有一个队员会想到自己是唯一在“埃博拉”战斗中不中枪的个例。

战场上不死，也不受伤者几乎不存在。

在非洲大地上，死的不全是非洲人。中国人死得也不少。中国人很多时候死的情形比非洲人还要惨烈，因为我们对那片土地陌生。

牟丹蕾，北京佑安医院感染中心的女专家。个头不高，但绝对是位专家型的女医生，干练，精明，又有女性的那种柔美眼神。采访中知道她曾有六年的军人经历，是第四军医大学的高才生。

“那天快下班时，医务处的人打电话问我去不去非洲参加‘埃博拉’医疗队，说给我五分钟时间考虑。”一看牟丹蕾就是个心直口快的人。她回忆说，“我一打听，科里副高以上的人都报了名，我很震动，因为那时大家都在传说‘埃博拉’死亡率如何如何高。竟然医院有那么多人报名了，我也就报了名。没想到全院挑两个人，我是其中之一。我一想：不用说，一是我的专业放在那里，二是我有军人出身的资历，第三我有过出国经历，这三点肯定跑不了嘛！”

“你傻啊！知道自己的女儿几岁了吗？”这是牟丹蕾的丈夫在接到她电话后劈头盖脸说的第一句话。

第二句话是：“没听说那边已经死了那么多人，而且都是医护人员！你怎么？想让我和你女儿哭一辈子啊？”

丈夫的话让牟丹蕾的眼泪一下涌了出来。“你……你胡说什么？你给我住嘴！”她愤怒了！这时的她多么需要家人的支持啊！

最后丈夫和女儿不得不支持她——“她决定的事谁能拉得回来？”

孩子她爸无奈地说。

女儿才五岁，并不知道母亲要离开她多远的距离，也并不知道母亲离开她后可能就回不来了。“孩子似懂非懂，平时我只要在家，她可黏我了，你啥都做不成。但每次只要医院里有急病人把我叫走时，说来也怪，她就再也不黏我了。这回她听说我报名到非洲去，竟然整整黏了我一夜，可第二天她就像大人似的，帮我收拾东西，忙得直喘气。临离开家时，小东西突然抱住我，小脸贴着我的脸，悄悄对我说：‘妈妈，告诉你一个秘密，刚才我想哭，可没有哭。妈妈去非洲勇敢，我不能哭，要学妈妈勇敢！’当时听了女儿的话，我顿时热泪盈眶。这孩子，她才五岁，就懂得来安慰妈妈。你说我还有啥舍不得的？”

牟丹蕾说：“我到的是几内亚，‘埃博拉’疫情的发源地。那里的死亡情况十分严重。我们中国在那边有合作工程项目，所以中国建筑工人不少。我们医疗队的任务是，一边帮助几内亚国家防治‘埃博拉’，一边为中资企业的同胞服务。那是一个名叫凯乐塔的水电站，名气很大，电站照片还印在几内亚的国币上，号称几内亚的‘三峡工程’。那个水电站工地上人员混杂，除了中方工人外，还有当地人。为这么一个好几千人的施工场所建立预防‘埃博拉’体系，其实很不容易。我们必须深入到一线，现场工作。记得那天刚到几内亚，晚上刚把饭碗端在手里，就听说有个中资企业的工人发烧昏迷了。这时原来在那里工作的一名中方医生就要冲过去，我赶紧叫住他，说必须穿上防护服。那患者后来送到中几友好医院不到两小时就死了……诊断结果不是‘埃博拉’病毒感染，是疟疾。”

牟丹蕾说，在非洲，患病死亡其实是司空见惯的事。“因为热带传染病在那里特别严重。尤其是疟疾，死亡率一直非常高。中国人在那边死于这个病的不少，而疟疾的症状又与‘埃博拉’非常相似，所以这也给当地抗击‘埃博拉’病毒传染造成不小的麻烦。上面那个中资企业的人突然去世，对我们打击很沉重，可以说是下马威。当时我们也听说，古巴援非医疗队队长下飞机没两天就死了。因此混杂在多种热带传染病中，对我们抗击‘埃博拉’的心理也造成巨大的压迫感。”牟丹蕾的神色变得忧郁起来。

“感染上疟疾一般是被蚊子咬了的居多。可在非洲热带地区，那么落后的条件下，自然环境脏乱差，蚊子到处乱飞，你能确保它不咬你几口？”牟丹蕾说，她在第一个月里被蚊子咬了无数次，幸运的是没有传染上疟疾。

“真要突然发烧，你有时弄不清楚到底是疟疾还是‘埃博拉’，那种情况就很危险。疟疾本身死亡率就很高，如果再因为搞不清原因，一耽误危险性就更大。”

“几内亚暴发‘埃博拉’最早，在 2014 年 5 月，中几友好医院就死了一批当地的专家，后来这个医院关闭了。是中国派去的医疗队帮助恢复重新开张的。我是作为第三批支援几内亚抗击‘埃博拉’的中国医疗队队员。由于当时形势复杂，‘埃博拉’已经在几个西非国家流行，情况万分危急，许多热带病人都混在一起，有点像我们北京‘非典’高峰时的混乱，各种发烧病人都归结是‘非典’似的。但我们医疗队必须把各种病人分滤出来，否则就无法准确地对症下药。”牟丹蕾说，“这对医生来说，其实是一件极其重要的工作，不仅对个体的患者重要，更牵涉到患者周围甚至一个医院、一个社区的其他人的安危。有人称与‘埃博拉’决战是与魔鬼厮杀是有道理的。半点马虎不得！”

牟丹蕾遇上了这样的事。

“那天医院收留了一位中国小木匠，疑似‘埃博拉’病毒感染，大家都很紧张。后来我去应诊，认为他不怎么像，怀疑是疟疾。但当时的形势没有人敢绝对判断小木匠不是‘埃博拉’感染，故把他送到了‘埃博拉’专治医院。结果很快又送了回来，说检验是阴性。一天就出院了。谁能想到，不到半天，小木匠又发烧，腹痛，还抽搐。这回谁也不相信他患的是疟疾了，都认为小木匠患‘埃博拉’是板上钉钉了！老实说，当初看小木匠那个样子，我心里也直嘀咕，这家伙真的患上‘埃博拉’啦？可心头又有些不服，便找到他爹，细问小木匠到‘埃博拉’医院后的整个过程。因为头一天我对小木匠做出的疟疾诊断是有医学依据的，现在情况不一样了：他到了‘埃博拉’医院，说不准在那个地方感染了。小木匠的父亲从头到尾，认认真真帮着回忆他儿子到那边后的每个行动细节。听完后，我心里立即有了数，又对小木匠进行了诊断，并告诉大家：他患的还是疟疾，而不是‘埃博拉’。有人反问我：你的根据是什么？他全身都抽上了！是典型的‘埃博拉’症状。我也毫不含糊，一个字一个字地打消大家的疑虑，说：那是他紧张的，并不是真正的病理抽动。为了证明我的判断，在再次对小木匠就诊时，我特意没穿防护服，但戴了手套和口罩。经过一番详细的检查和确诊，小木匠患的是恶性疟疾，我建议立即配用治疗急性疟疾的药物。一些日子后，小木匠安然无恙。我们医疗队上下也松了一口气……”

牟丹蕾在谈她处理这一患者的体会时，说了这样一句话：临危不惧、自信满满、安然处之，是中国医疗队与“埃博拉”拼杀时始终保持的一种精神。这种精神，加之科学的应对方法，是实现“零感染”的关键。

她的话，让我对她印象深刻。

中国医疗队的精神也由此烙在我的心上——

然而，前方与“埃博拉”的战斗并非那么简单，你越不想见到的事，越会冲你来。

在采访中，中国医疗队和国家卫计委的官员几次提到在前方曾经有位“重要人物”差点回不了国，而且当时的情形十分严重，302 医院的一些女队员甚至已经忍不住恸哭起来——她们得知此人已经“救不活”了。这人的情况我一直想了解，开始许多人回避，不过最后还是如愿获得了第一手采访材料。

他叫刘文森，在援助塞拉利昂的中国医疗队中是技术权威，可以与高福院士平起平坐，从资历上讲，甚至还超过院士一些。“百度”上一搜索，刘文森先生的身份是军事医学科学院的研究员，著名兽医学家。

十一国庆节那天起，中国医疗队的留观中心开始成批成批地接收患者，而此时，高福院士高烧被隔离，医疗队里又连续多个队员出现发烧、呕吐、腹泻等病状，技术总负责刘文森，每天工作量倏然增加，不分日夜地忙个不停。“大家注意休息，休息是保障抵抗力的根本条件。”刘文森嘴上天天朝别人这么嚷嚷和要求，自己却歇不下来。

一天傍晚，检测队后勤组组长田成刚见刘文森拖着疲惫的双腿走向宿舍，便赶上去进了刘文森的房间，关切地问他哪儿不舒服。

“还可以，应该没事。”刘文森强打精神回了一声，又说，“睡一觉估计能恢复。”

田成刚瞅了瞅刘文森的脸色，还是不太放心，道：“我给你找个氧气瓶来，吸点氧恢复得快些。”说完，田成刚就下楼去找氧气瓶。

“不好啦！老刘昏过去了！快来人呀——”田成刚没走多远，就听楼上有人声嘶力竭地大喊起来。

这一声叫喊，让整个医院的人都紧张起来，尤其是中国医疗队队员们。

“老刘怎么啦？”

“老刘昏死过去啦？”

“他是不是感染上了……”

群情一时有些失控。因为刘文森是队中的技术中坚，假如他出了问题，会给中国医疗队带来什么影响是不言而喻的。

刘文森真的昏死了过去，而且全身剧烈抽搐，呼吸困难，情况极度危急！设想一下：一个著名医学家、一个无人能及的长跑冠军、山东汉子突然倒下，且大小便失禁，这般突发情景还不把人吓死？

“快把药箱拿来！ 24个药箱全部拿来！”田成刚心想这回坏事了，一边往回跑，一边大声向保管员喊道。这时随队医生柏长青、聂为民已及时赶到，李进、高福和钱军等重要人物全都到了。几十分钟后，赵彦博大使也满头大汗地赶到了……

刘文森出事，实在关系太大了！中国医疗队所有人都扛不住！中国驻塞拉利昂大使馆也扛不住！赵彦博大使立即通知机要人员用机要电话迅速向国内报告，并请示援助。

“氧气！把氧气找来！”柏长青冲着田成刚直嚷嚷。

“人命关天的时候了，你还说没有？给我赶紧找来，找不到看我怎么对付你和这个破酒店！”田成刚没处发脾气，冲着酒店总经理大骂。骂归骂，找氧气才是最主要的事。

“总算找到了！”当酒店总经理带着几个店员气喘吁吁地抬着氧气瓶到了刘文森房间门口时，关于“氧气问题”暂时停止了争执。

柏长青医生事后说：“这氧气太关键了。当时老刘已经昏迷抽搐40来分钟了，如果再耽搁一段时间还没有吸氧，就失去了最佳的抢救时间……”

吸氧后的刘文森仍然没有缓解，只是维持着生命迹象而已。

“看来老刘不行了！”这一夜，中国医疗队度过了出国后最黑暗、恐怖的一夜，所有队员都沉浸在巨大的担忧与焦虑之中，几位女队员完全失去了自控能力，情不自禁地痛哭起来。

“怎么啦？老刘还没断气，你们就哭哭啼啼个没完。我问你们，到底你们是希望他倒下了永远站不起来，还是想让他站起来？啊？你们回答我！”极少在女队员面前发脾气的队长李进，这一天嗓门像加了油一样冲。

刘文森的病情稍稍稳定之后，中国医疗队的几位领导反而变得更为紧张：一则相当多的人怀疑刘文森可能被“埃博拉”病毒感染；二则在对他抢救的过程中，所有的队员都没有穿戴防护装备，这是极端危险的事情。

“刘柳、高福、钱军、李进你们都听着：要不惜一切代价把刘文森同志给我救活过来！否则我拿你们是问！听明白了没有？”这是国内军委总部领导打来的电话。

“是！首长。”

“当务之急，是要弄清楚刘文森是不是感染上了‘埃博拉’，这是关键！你们那儿没有什么设备，不要紧，我们将调集全国最优秀的专家给你们进行远程会诊……”国务院领导已经第三次跟中国检测队总领队刘柳通话。

是啊，刘文森得的什么病是关键，首先要确诊是不是“埃博拉”，然后才好布置抢救治疗方案。

塞拉利昂与北京的时差约八个小时。开始对刘文森昏迷抢救的时间大约在晚上 10 点钟，而这时北京时间是早上 6 点钟。从北京早上 6 点到 10 点左右的几个小时里，北京方面至少有十来个机构和部门在紧张地协调，共同为前方出力……一批顶级专家被抽调在一起，为刘文森远程诊断，还有的则在调配西非周边国家的中国医务力量，更有的在通过国际组织请求技术支援，当然还有人在做最坏的准备。总之，一切想得到的事都想到了，一切最坏的打算也备齐了。

“怎么样，现在老刘的情况好转些了没有？”应该是北京时间中午前后，国家卫计委领导的电话又一次打到前方的中国医疗队。

“经过一夜抢救，刘文森同志现在终于稳定下来，不再抽搐了……”弗里敦方面报告道。

“好，你们要继续全力观察和治疗，要千方百计确保他的生命安全。”

“是！请领导放心，我们一定要让老刘站起来，好好地活着，健康地回到祖国！”

放下电话后的钱军等人，一个个像穿着防护服值班回来，浑身上下湿淋淋的——这回是紧张出的汗。是啊，刘文森的生命安危，牵动着中央领导和军委首长的心，他老刘真要有个好歹，谁能扛得住嘛！问题是，老刘到底患了什么病？“埃博拉”？要是“埃博拉”，病至昏迷抽搐，恐难挽救；若不是，又会是哪种病呢？

“老柏，小聂，你们两说说，到底他是怎么搞的？啥毛病？”李进追问随队医生柏长青和聂为民。

“我们也一下吃不准……到底是脑出血，还是脑梗，除非有影像仪器拍个片，才可以做出诊断。”显然柏长青他们也为难。

李进的火气无处可泄：“等于没说嘛！”

“李队长，结果出来了！”钱军大步流星地走到李进跟前，说，“已经排除‘埃博拉’病毒感染了，化验呈阴性……”

“老天爷！”李进长长地喘了一口气。在场的所有中国医疗队队员都重重地松了一口气。

“呜呜……”又有几个女队员哭了起来。

“你们能不能坚强些啊？”医疗队的几位爷们真生气了，挥动着拳头，在半空摇晃着，吓得那几个哭哭啼啼的女队员抱头就逃。

但刘文森的病情极其复杂而多变，尤其是没有常规的医疗设备与药物，虽然排除了“埃博拉”，却并没有解除生命危险。那些日子，中国医疗队队员的脸上看不见笑容，相互间说话好像谁欠了谁的账似的。

儿子，爸爸的生命要献给西非了！你跟妈妈要坚强地活下去，照顾好妈妈。奶奶、姥姥、姥爷都爱你，你要多听他们的话，多孝敬他们。

儿子，爸爸深深地爱着你，永远地爱你们……

关键时刻，刘文森本人对病情也不抱希望了，不时让陪护的战友给他记遗嘱——

万晖，我的爱妻！感谢你这么多年来的陪伴……很抱歉我不能陪伴你了……

如此悲切的遗言，让大家怎不潸然泪下？

一边，是“埃博拉”疫情越演越烈；一边，是我国的医学专家处在生命垂危的边缘，中国医疗队面临的考验前所未有。“那些日子，我们双重压力，确实很艰难。但必须挺过来！”钱军说，“从老刘生病到整个治疗过程，我们真的深深感受到祖国的伟大，党和人民军队的温暖。

我也算见过不少大世面，但为了治疗老刘的病，从中央到军委，从军队到地方，甚至整个外交战线，那真是下了全力，能想到的每一个细节都有人想到了……”

在各方的努力下，尤其是前方柏长青等几个现场医生在国内专家的指导下，运用正确的诊治方案，果断地对症下药，经过及时的抢救性治疗，刘文森极其缓慢地获得了新生。

“老刘来吃饭啦——”那一天，当刘文森迈着稳健的步伐出现在中国医疗队的食堂时，全体队友情不自禁地欢呼起来。

就在大伙儿轮番拥过来跟刘文森拥抱时，旁边的几名女队员竟然又呜呜地大哭起来。

“又怎么啦？”男队员们跺脚了。

“嘻嘻，这回我们是高兴的！”女队员们破涕为笑。

第十二章　夺命的“埃博拉”

死亡，对即将死亡者或许只有麻木的恐惧；死亡，对无法挽救死亡者的旁观者或许是一种真切的恐惧；但死亡，对以拯救生命为己任的医务工作者而言，更是一种力不从心的痛苦。

中国医疗队在非洲援助抗击“埃博拉”的日子里，每天从他们眼前走过大批的死亡者，那种内心的痛苦和无奈自然不言而喻。尤其是那些他们熟悉和尊敬的人突然有一天离去时，除了眼泪，就是揪心的痛，无边无沿的揪心之痛，会在许多日子里让你感觉心是憋闷的，像泰山压着喘不过气来一样难受……

对于乔治院长的死，中国医疗队队员就是这般心情。

卡努是中塞友好医院的塞方院长，他有一位好友是省立医院院长，那就是乔治先生。卡努和乔治两人都是塞拉利昂数一数二的医学专家，德高望重。

2014 年 10 月底的一天，卡努院长领着他的好友乔治先生来到留观中心。中国医疗队非常重视，派出柏长青等“看家医生”给乔治先生治疗。化验和诊断结果表明，乔治先生不幸感染上了“埃博拉”病毒，发烧、呕吐等病征不断向他袭来。但乔治先生是位优雅的医生，他不想在别人面前表现出自己的脆弱，即使在生命的最后时刻。当中国医生出现在他面前时，他尽管极度虚弱，仍然坚持站起身与中国医生对话。

根据刘柳、高福的批准，柏长青他们给乔治先生用上了中国医疗队自备的药物，而且明显起到了作用。但两天后，乔治先生坚持要到无国界医生主导的“埃博拉”治疗中心去输液治疗，随后病情急转直下，两天后死亡。

当卡努悲切地向大家转达这一消息时，中国医疗队再一次沉浸在悲痛之中。从“埃博拉”的魔口中夺回每一个生命，在那一刻似乎成为中国医疗队每一名队员的强烈愿望——

“高院士，你是专门研究病毒细胞的大专家，难道‘埃博拉’真的就没救了？”

“柏大夫，我们就这样让非洲兄弟姐妹们在我们眼皮底下一个个死光？”

“想想办法吧！求求诸位大专家……赶快拿点救命的办法出来呀！”

多少个同样的问题，多少遍被医疗队队员们追问。

高福院士挠头。

柏长青医生叹气。

李进队长握拳闭目。

"埃博拉"太可恨了！所有的仇恨唯有归结到一个共同的敌人——不，它是魔鬼，彻头彻尾的恶魔！

但面对"埃博拉"，中国医疗队事实上绝非尽是叹息与无奈，在"实战、实毒"面前，他们很快找到了突破死亡线的办法。就拿对乔治先生的治疗来看，如果他能够按照中国医疗队所开的药物和方案进行治疗，他的病情不仅可以得到缓解，甚至有可能获得彻底的康复，绝不会被病魔夺命。

这样的例子还有：

10月10日，医院内的三名塞方雇员确诊为"埃博拉"感染，被送到无国界医生主导的"埃博拉"治疗中心后不治身亡。几天后，又有一名塞方工作人员出现高烧、乏力、呕吐等病征，经化验，确诊为"埃博拉"病毒感染。卡努院长求上门，希望中国医疗队救救他的部下。刘柳和高福等几位领导研究后，指示柏长青医生用医疗队从国内带来的备用药，并且建议一定要在这位患者送往无国界医生主导的治疗中心之前用此药品。柏长青还给这位患者一些药品让他带上。三天之后，这位患者平安地从治疗中心回到卡努院长身边，激动得泪流满面："我没事了！"

显然，中国医疗队不仅有"特效药"，而且还有治疗"埃博拉"的特别方法啊！许多塞拉利昂人这样认为。

这样的赞扬，让中国医疗队增强了自信，因为那是真真切切地有人从"埃博拉"的魔口中夺路而生，而且靠的就是中国医生给的药物和治疗方法。

柏长青是第一个拯救了一位“埃博拉”患者生命的医生。那是位当地中年妇女，为了感谢中国医生给予的新生，这位妇女特意穿着民族盛装，送给她的救命恩人柏长青一尊雕刻精美的乌木小象。这小象象征着中塞两国人民友谊长存。

有一件事值得留意：在“埃博拉”疯狂流行时，到底世界上有没有一种被公认的有效药呢？权威人士对此都是否定的。那么中国到底带的什么药品，在有限的范围内让一些确诊感染上“埃博拉”的患者获得了新的生命呢？

我搜索了当时的新闻，发现 2014 年 10 月的新闻中有一条这样的消息：中国研发出一种抗“埃博拉”病毒药物，叫“JK-05”，研制单位是中国军事医学科学院，即刘文森所在单位。

一年后的 2015 年 10 月 11 日，《中国日报》又有一条重要新闻证明了上述这种针对“埃博拉”的药物不仅存在，而且获得了世界医学界的公认，因为这则新闻这样说：

> 当地时间 10 日上午，由解放军军事医学科学院生物工程研究所陈薇研究员带领团队自主研制的重组埃博拉疫苗，在相继获得塞拉利昂伦理与科学评价委员会伦理许可、药学理事临床许可后，正式启动了在塞拉利昂二期临床试验。这是中国研制的疫苗首次在国外获得临床许可，开创了我国科技人员走出国门，在境外进行疫苗临床研究“零”的突破……

再顺着这一消息往下搜索，我发现：中国科技人员研制的这一治疗“埃博拉”病毒的药物，其实早在十年前就开始进行研制了，那是针对“非典”疫情而启动的工程。之后因为“埃博拉”病毒在非洲越来越冒尖，该工程成了“863”计划的重点工程，并被几位军事医学院年轻专家作为主攻方向，且获得突破。2014 年春，西非地区“埃博拉”暴发，正巧这款药物的研制已经进入突破性阶段。但由于我国没有“埃博拉”原病毒疫苗——国际规定病毒疫苗是不允许进口的，所以我国科学家的研制成果只能作为“内部药物”限范围地试验性使用。

当中国医疗队受命紧急出国赴非时，这“救命药”就这样被“特批”而随中国医疗队到了“埃博拉”疫区。

紧急时刻，只能经总领队刘柳和副总领队高福院士批准后方可使用此药。这也就有了上面乔治院长等患者能用上此药的机会与过程。

“救命药”尚不被公认时，是绝对不能随便使用的，更不允许对患者进行临床使用。中国医疗队的责任是配合当地，做好留观中心的患者接收与治疗，所以，拯救每一位身处“埃博拉”恶魔之口的患者，或让他们在临别这个世界时有一份人的尊严，便是中国医疗队队员的责任与义务。

这谈何容易！

当那些“埃博拉”病毒感染者和疑似患者被送进中国医疗队工作的医院后，他们或绝望地等待最后的死亡判决，或歇斯底里地做出各种常人无法理解的事……面对死亡谁都害怕与恐惧，无助的穷人或许只能期待告别世界的那一瞬间不要太受折磨，有钱和有地位的人或许千方百计寻找一切生的可能和死时的几分体面，然而在中国医疗队队员眼里，所有“埃博拉”患者的命运几乎毫无例外——他们在告别世界时都是痛不可睹，少有尊严。

50%至80%的死亡率！这就是“埃博拉”！这也是中国医疗队队员每天都要面对的痛苦与无奈，也正是这般撕心裂肺的痛与眼睁睁地看着一个个活脱脱的生命离去的无奈，让大家齐心协力，想尽办法去拯救每一个“埃博拉”患者的生命。

在整个抗击“埃博拉”的战斗中，没有比这样的场景更令人兴奋与激动的了——

场景一：刘冰妈妈与儿子小卡拉萨的难舍难分

这一天，联合国儿童基金会的官员驾车来到留观中心，说要带走11个月大的婴儿小卡拉萨。“中国妈妈”刘冰哭了，哭得两眼通红，抱着小卡拉萨就是不肯放手。仿佛知道要与“中国妈妈”离别的小卡拉萨，顿时哇哇大哭。

一对异国“母子”紧紧地搂在一起，这一幕让所有在场的人禁不住热泪盈眶。

小卡拉萨其实已经是个孤儿了，十几天前他和自己的母亲一起被人送进留观中心，三天后母亲就被“埃博拉”病魔夺走了生命。11个月大的婴儿长着一双乌黑的大眼睛，他对发生的一切一无所知，当护士阿姨把他从母亲的病房里抱到另一间房子时，小卡拉萨还在摇晃着小脑袋好奇地看着四周……这一幕被中国医疗队的女队员刘冰看到了。

小卡拉萨天真无邪的目光深深地刺痛了刘冰那颗善良的心：孩子可怜，不能没有妈妈照顾。

于是刘冰向领导提出，要求增加班次，为的是能够进病区照顾小卡拉萨。“孩子也是一个生命。他没有了母亲，但不能再让可怜的孩子没有这个世界呀！”刘冰的话打动了队领导，破例批准刘冰当小卡拉萨的“临时妈妈”。“孩子已经成孤儿了，我们得想办法通过有关机构帮助他活下去。”中国医疗队领导为小卡拉萨设计了更长远的道路。

刘冰可没有把自己当作小卡拉萨的“临时妈妈”。妈妈就是妈妈，妈妈对孩子的每一分细微之爱、用心之情都是真的，刘冰倾尽全力教小卡拉萨牙牙学语，学走路，想尽办法逗小家伙开怀大笑，甚至用中文像模像样地讲故事给他听……小卡拉萨那神情似乎也能听得懂“中国妈妈”娓娓道来的中国故事。

这真是一对好母子！塞方医护人员都这么夸刘冰和小卡拉萨。

现在，小卡拉萨在中国叔叔阿姨们的帮助下，获得了联合国儿童组织的帮助，将被送到有吃有穿又能接受良好教育的机构去了。刘冰“妈妈”听到这个消息，既为小卡拉萨高兴，又十分不舍，于是也就有了开头那动人的离别场景。

场景二：冠军回来当义工

这个故事发生在中国援助利比里亚的另一个医疗队的留观中心。

那一天，解放军总医院的周飞虎和原成都军区的李福祥医生等刚刚从病房完成巡诊，脱下防护服，回到清洁区时，突然一位 30 多岁的利比里亚女性蹦蹦跳跳地跑到他们面前……

“哎呀，是大冠军回来啦！”周飞虎他们说的大冠军，是利比里亚乒乓球冠军克里斯汀。这位13岁就拿了全国乒乓球冠军的运动员，前些日子同样不幸感染上了“埃博拉”。开始她一直拒绝治疗，最后在中国心理医生帮助下走出阴影，积极配合治疗，最终从死亡线上走了回来。

出院的她又回来干吗？

“是身体还有什么问题？”李福祥医生忙问克里斯汀。

“不，我的身体好好的！”活泼的克里斯汀调皮地在中国医生面前做了一个拳击动作，然后自个儿哈哈大笑起来，“我是回来在你们这儿当义工的！”

啊，大冠军要回到留观中心当义工！这消息长了翅膀，很快传遍了整个留观医院的里里外外。

克里斯汀的行动，让中国医疗队队员十分感动和感慨，因为她是中国第二批援助这个国家抗击“埃博拉”医疗队治愈的六名“埃博拉”病毒感染患者之一。

“谢谢克里斯汀，谢谢你能在疫情最严峻的时刻来帮助我们工作。”周飞虎代表中国医疗队庄重地接收这位利比里亚乒乓球冠军为留观中心的一名正式义工。

“错了，亲爱的中国医生，是我要谢谢你们！是你们给了我第二次生命，所以我要用自己的第二次生命来跟你们并肩战斗，去拯救更多同胞的生命。”克里斯汀动情地向中国医生袒露了她的心愿。

原来如此。

在利比里亚全国暴发“埃博拉”病毒感染最严重的日子里，中国医疗队在收治患者过程中频传捷报，他们把一个又一个的患者生命从“埃博拉”口中救出。克里斯汀一进留观中心，就听人说在她入院之前就有一位体重 200 斤的患者穆鲁巴先生不仅感染上了“埃博拉”，而且还有严重的糖尿病、高血压。为了拯救这位“巨男”患者的生命，医疗队的杨丽医生、护士长冯建琼、王永华三人争先恐后、无微不至地为这名患者服务，穆鲁巴先生出院那天，跪在地上，张开双臂，面对苍天，连喊了三声：“China Good！”“China Good！”“China Good！”

“China is the best！”（中国是最棒的！）克里斯汀在留观中心工作了很长一段时间，总是逢人就讲这句话。她还在患者中经常用自己的亲身经历给大家讲：“我们的国家会在中国这样的好朋友帮助下渐渐好起来的，大家要增强信心，争取早日康复出院。”

在克里斯汀和中国医疗队队员的共同努力下，一个又一个“埃博拉”患者重新从病榻上直起身子，欢笑地走出病房。克里斯汀是利比里亚的名人，她的行动又鼓励了许多年轻人主动走进治疗中心和留观医院当义工，为那些处在死亡线上的同胞送去温暖与帮助……

场景三：穆苏老太的盛大“生日”典礼

穆苏是一位塞拉利昂老人，2014 年夏她年至八旬。可穆苏老太太不曾想到，吃野果一辈子的她，这回竟然“吃”出了毛病——她被诊断是“埃博拉”病毒感染者。

到留观中心那天，穆苏老太渐处昏迷状态，之后又因年高体弱，病情不断恶化，生命垂危。中国医疗队根据穆苏老太的情况迅速制定出一套适合她年龄段的医治方案，相继进行了输液、抗感染药物治疗、营养支持和常规生化检查，并接连进行体温、血压、脉搏等生命体征检测。队员们像伺候自己母亲一般认真细致，连续三天三夜，使穆苏老太苏醒并获得体能恢复。之后又进行强化抗感染药物治疗与食疗等有效配合，特别是几名女队员对穆苏老太的身体外伤内疾进行精心护理按摩，至第七天，老人一天比一天健康，第八天对她进行“埃博拉”病毒检测，结果属阴性。

“老妈妈好啦！”李晓、方凤等几名数天来日夜轮流陪护老人的护士，听说穆苏老太脱离“埃博拉”危险的喜讯后，就像为自己的母亲过生日一样，特意为即将病愈出院的穆苏老太备了一桌好饭菜，又专门从驻地采摘了许多鲜花，编成美丽的花环，挂在老人脖子上。

“祝你生日快乐！”穆苏老太入院的第十天，中国医疗队特意为出院的她举行了一场盛大的生日典礼。当中方和塞方医护工作者用汉语、英语两种语言为老人同时唱起“祝你生日快乐”时，八十高龄的穆苏老太流泪了，她那颤抖的嘴唇连声道：“Chinese good！”“Chinese good！”

“中国人好，中国人在援助我们抗击‘埃博拉’的行动中，表现好！”这样的话，不仅出于穆苏老太这样重新从死亡线上回来的患者之口，塞拉利昂总统科罗马也这样说，几内亚总统孔戴和利比里亚总统瑟利夫也是这么说的。

场景四：复活的“熊猫宝贝”

在“埃博拉”疯狂袭击西非国家时，联合国儿童基金会发布了一份报告指出：在疫情严重的几内亚、塞拉利昂和利比里亚三个国家，至少有900多万儿童目睹了“埃博拉”造成的死亡和苦难，他们稚嫩的心灵难以理解这些痛苦的现实。在这场史无前例的与疫情抗击的战斗中，保护这些儿童对这些国家的未来具有至关重要的意义。

一批批中国医疗队进入西非之后，他们在帮助这些国家拯救一个个生命时，特别是挽救幼小的儿童生命时常常表现得更加人性、母性，充满爱心。

女孩富拉尼是被中国医疗队从死亡线上拯救过来并获得特别关爱的儿童之一。

2015年1月底，11岁的富拉尼被确诊感染上了“埃博拉”病毒，送到中塞友好医院改建的留观中心治疗。孩子第一天进入病房时那弱不禁风的病态，就印在第三批中国医疗队女队员储芳眼里。入夜，已为母亲的储芳辗转难眠，小富拉尼独自住院，身边连一个亲人都没有，多么可怜啊！尤其是储芳打听到富拉尼的好几位亲人都因患上“埃博拉”而去世时，她的心彻底碎了，一股爱惜之情油然而生：必须让这孩子活下来，幸福健康地活下来！

储芳不知哪来的力量，从此她与队里的其他医生一起，精心为富拉尼制定治疗方案，一天一天地瞅着富拉尼一点一点地从死亡线上挣脱出来。

“富拉尼有救了！孩子有救了！”当富拉尼的再次化验呈阴性时，储芳泪水横流，不停地将这一喜讯告诉所有见到的人。但这仅仅是第一步，要想让富拉尼彻底康复，还需要精心照顾和治疗。储芳主动向队里提出申请，做富拉尼的“贴心妈妈”。

那天，储芳临进病房前，专门在自己的房间里翻箱倒柜了半天，结果找到了一只熊猫布娃娃。那可爱的“熊猫”眼睛可爱又纯洁，跟富拉尼的眼睛极其相似。

“你看，像你吗？”当储芳把“熊猫”放到富拉尼面前时，女孩兴奋得直跳，然后把自己的头轻轻地依偎在“熊猫”身上……眼前的这一幕，让储芳无比陶醉。

从此，富拉尼抱着“熊猫”度过了她每一个幸福快乐的日子。也因为她积极配合治疗，加之储芳等13位“中国妈妈”时不时轮流帮助她、照顾她，给她买吃的，送玩具，逗她玩，富拉尼的身体也随之越来越健康，直到彻底康复。

富拉尼也因为终日不离“熊猫”，被储芳亲昵地称为“熊猫宝贝”。

“喜欢妈妈叫你‘熊猫宝贝’吗？”当储芳询问富拉尼时，孩子无比开心地点头。

“熊猫宝贝”由此叫开。

又过了一些日子，“熊猫宝贝”要出院了，这让“妈妈”储芳难舍难分……

“中国妈妈，我爱你！”当富拉尼将要离开医院时，突然上前扑到储芳的怀里，用生硬的汉语说着这句话。储芳早已泪流满面。

在西非抗击“埃博拉”的日子里，这样的场景在中国医疗队驻地，几乎天天都能见到。

在国家召开的援助非洲抗击“埃博拉”表彰大会上，302 医院的同志介绍了这样一组数字：他们所在医院派出的三批医疗队，共收治 773 名患者，确诊 285 例，将埃博拉死亡率从 70% 降到 48%。这数字也许对一般人来说，仅仅是多与少的概念，然而在当时西非“埃博拉”病毒疯狂袭击、每天几百几千人被送进医院的那些日子，死亡率就是人的命啊！那是无法把一个个活生生的性命救回来的残酷现实，谁能把高于 70% 甚至 80%、90% 的死亡率降下来，这将意味着什么呢？就是有成千上万人的生命获得拯救！逃离“埃博拉”的魔口啊！

而中国医疗队将死亡率降低 22%，是多么了不起的奇迹和贡献！

写至此，我想起了一句话：一个人的生命既属于他自己，但又不全然属于他自己。当一个人的生命被其他人所关注并再次获得新生时，他对生命的理解就很不一样。相信这样的生命越多，人类将获得的爱与温暖也会更多。

难道不是这样吗？

第十三章　留在非洲乡村的“中国理念”

到过非洲的人，总有一个特别深的印象，那就是越穷的地方，对中国越友好，而且那些地方的“中国元素”似乎也特别多。这是什么原因？这是因为新中国成立后的中国政府特别重视帮助“穷兄弟”非洲人民。

到过非洲的人，还会有一个特别深的印象，那就是非洲知道“毛主席”的人格外多。甚至许多非洲人今天仍然能用中文喊出“毛主席”三个字来。

“毛主席是中国人民的大救星，是我们非洲人的大恩人，他为我们修了很多桥，很多学校，很多路，还派出了很多医生……他是世界上最好的领袖。”

在非洲不同国家，我听说过不同的政要，不管是执政的，还是在野的，他们在这一点上是共同的。

了解过去的中非关系，就会明白这一点其实是自然而然形成的。

毛泽东一生的情感意识里，从来都把“人民”，把“广大的人民”放在第一位，当他领导“广大的人民”推翻三座大山后，听说远方非洲的“广大的人民”仍然过着奴隶般的生活时，竟然异常动情地要求仍处在贫穷中的政府与国家，全力支援非洲人民。他输出的两个理念至今仍在非洲大地上特别受欢迎，一是以游击战争为主要形式的夺取政权的思想，二是人民战争。这两个理念在非洲人看来，就像是专门为他们的革命与建设所设计与制定的。

如果毛泽东还活着的话，他一定认为非洲今天惨受“埃博拉”侵袭，就是因为“人民战争”的思想没有深入人心。

“这是对的。从‘埃博拉’暴发到后来抗击病毒传染的整个过程，缺少的和最后管控了这场疫情的，恰恰都是人民战争的正反作用。”说这话的是国家卫计委应急办主任许树强先生。

这位在非洲“埃博拉”疫情最严重时刻上任的国家公共卫生工作紧急状态下的核心指挥部门的负责人，激情、热心、坦诚，令人一见如故，招人喜欢。他之前是北京中日友好医院院长。

“2014 年 9 月 19 日下午，我正在医院值班，部里的人就打电话给我，说有重要事情让我去。我就去了，到部里的应急办办公的地方，就西直门地铁拐角那里……”采访许树强是在友谊宾馆的一间卫计委应急办的临时办公室，“原来那个地方在装修。”许向我解释道。

“喏，这把沙发一直跟着我到现在。我对它可有感情呢！”许树强的一双眼睛总是流露着特别的光芒，他告诉我“上任”的经过，“那天我去后，领导就跟我说：‘已经决定由你来接任应急办主任一职，这是你的办公室，并指指这把沙发说，咱们这里条件差些，办公房子紧。你累了就在这把沙发上躺一会儿。’说完就要向我移交工作。当时我不仅觉得太突然，而且觉得就这么简单上任了？我便问：‘今天就上班？’人家领导有些不惑地反问：‘对啊！还有什么问题？’这反倒把我问住了。我赶忙摇头连说没有没有。还是领导看出了我的活思想，解释道：‘你都知道了，最近非洲“埃博拉”太厉害，我们中国与非洲交往也特别频繁，上上下下都很担心“埃博拉”像当年“非典”一样再来一回，那我们国家就麻烦大了！所以嘛，在这紧急关头，调你来当这应急办主任，因为你是有经验的一线医院院长，又参加和组织过“非典”疫情的处理，有经验，又有资格，专业水平也强，所以领导就这么定了。因为“埃博拉”的疫情越来越严重，我们国家各个口都动员起来了，任务也特别繁重复杂，故领导说你的到任就别那么复杂了，把人弄过来，先上岗干活，其他的像什么谈话之类的事以后补吧！’这领导一摊手，最后留下三个字：‘好好干！’然后拍拍我的肩膀，就算向我交代完毕了。”

“当天我就上任，并且一直干到当晚10点。”许树强苦笑着跟我说，“如果不是司机一再催，我估计还会干到午夜12点……司机是下午跟我一起来的，我以为领导找我也就个把小时，所以司机一直在等我，直等到大街上没多少人了，他才一次次电话询问我。上车后，司机紧张地问我：院长你是不是出啥事了？我说没有啊！他大松了一口气说：我以为你可能被‘双规’了。我听后笑得前仰后合……瞧瞧，我的‘上任记’精彩吧！”

许树强着实幽默了一下。后来我知道，许树强是全国青联常委，因在“非典”期间立过大功，荣获全国“五一劳动奖章”。而采访这位中国公共卫生应急中心的最高指挥官后，我才知道他为什么对“人民战争”这个中国概念那么赞赏、理解那么深刻，因为中国国情和多次公共卫生方面出现的紧急情况，使我国有了这方面血的教训与成功经验。

“‘非典’疫情能够在后期迅速得到遏制，就是我们在公共卫生战线运用了‘人民战争’的思想所取得的成功范例。”许树强介绍，“在‘埃博拉’疫情暴发之初，以习近平同志为核心的党中央和中国政府就及时采取了有效措施，制定了22个部门联防联动机制及重点管控海关、边境、邮政等相关领域的出入人员、物资。习近平总书记和李克强总理都是第一时间就‘埃博拉’疫情应对做出批示、指示，习总书记还在2015年元旦时专门向正在海外援助非洲人民抗击‘埃博拉’的中国医疗队发去慰问信，对奋战在一线的卫生工作人员给予巨大的鞭策和鼓励。国内疫情防御的总指挥、副总理刘延东不仅亲自为奔赴前线的中国医疗队送行，还先后六次主持联防联动会议，部署960万平方公里国土面积上的防控‘埃博拉’病毒侵袭的阻击战。当时疫情对我们国家极不利，你知道，我们南方像广州、义乌等开放城市，每天进出的非洲人就数不胜数，这些人中如果有那么几个感染了‘埃博拉’病毒的，弄不好又会让我们吃一次比当年‘非典’还要厉害的疫情苦头，这还了得！而且当时我们国家还有好几个重要的国际性会议与活动：北京的APEC会议，天津的达沃斯论坛，南京的青年奥运会，还有广州的进出口商品交易会，都有国家元首级领导出席和几万外宾来来去去走动。如果‘埃博拉’传染到我国境内，你去设想吧，要有多窘相就有多窘相！”

“这个时候国家把最重要的一个岗位搞了个临阵换将，大概非阁下莫属了！”我戏言。

“噢——可不是，可不是！”许树强立即惊呼道，“弄我来当这个角色，估计也是实在没办法，因为其他人还有更重要的事去做。”

瞧他这么谦虚，这样的同志当官我们才放心哟！

在回答我“为什么中国这一次对‘埃博拉’疫情管制得这么好”时，许树强脱口而出四个字就是“人民战争”。

“毛主席的‘人民战争’的战略战术思想，其威力和作用就是大。”许树强感慨道。他进而介绍，当西非“埃博拉”疫情暴发后，我国政府立即启动了联防联动机制，确立了“高度重视、密切关注、防控为主、内外结合、科学应对”的工作原则，卫计委各部门迅速进入全天候工作状态，李斌主任等领导一直在值班岗位上指挥全国防控战斗，先后 16 次召集联席协调会议，安排布置重点地点、重点地区、重点部门的防控任务。同时依法及时向全社会公布疫情信息，向民众宣传预防“埃博拉”病毒传染的知识，有序地稳定了全社会对疫情的认识与应对准备。特别组织了对广东、浙江等几个非洲人出入境频繁的地方的疫情苗头排查。

“其实公众不清楚，但我们这些干防控的人可是非常清楚当时有多紧张啊！”许树强向我透露，当时从广州、福州海关入境的人中就出现过几例疑似“埃博拉”病毒感染患者，“为了寻找这几个人，排查与他们接触的人，我们真真实实出动了几万人的‘人民战争’，好不容易才堵死了这几起非常危险的祸患。比如说，在广东惠州，当时下面报告说发现一位患中东呼吸道疾病的病人，是韩国人，但一转眼那患者就跑了，不知到哪儿去了。我们应急办一听就紧急动员起来，两小时就把那人找到了，又马上将其送进医院，四小时之内把所有与他接触过的人全部统计并追寻和入册，加以严控，直到万事大吉为止。前后就几小时，那是真真实实的‘人民战争’，除此之外，不可能另有法子！”

“听说你后来作为国家专员，也去非洲传播和指导‘人民战争’？”我特别想采访到这个。

“哈哈哈，不敢！根据世界卫生组织的请求，我只是作为国家派出的援助与指导西非抗击‘埃博拉’病毒传染的政府高级专员去的。”许树强连连摆手说明真相。

“之所以用政府高级专员身份，是因为代表国家去的，我们需要同那几个国家的总统、政府首脑和卫生部门的最高官员进行协调、报告我国政府的相关援助事项与技术指导。便于外交上的直接与对等处理。”许树强解释。

“也就是‘钦差大臣’这样的角色。”我说。

“可以这么比喻吧。”许树强习惯性地抹抹嘴，说，“美国派出的高级专员是位现役将军。”

2014年11月14日，顶着“中国政府高级专员”头衔的许树强搭乘东方航空公司专机从北京出发，飞向遥远的非洲，飞向“埃博拉”疫情异常严重的西非国家。同机搭乘的是我国派往西非三个国家的第二批医疗队和一批紧急援助物资。

“我们途经俄罗斯机场，停靠那里加水加油，结果人家不让我们靠近他们的民航机，而且不让我们下去休息，因为听说我们是去非洲的‘埃博拉’疫区。你想想当时全世界对‘埃博拉’有多恐惧！我们是从北京出发的飞机，根本还没有接触过‘埃博拉’疫区，友好的俄罗斯人都这么对待我们，可见当时的形势和大家的心理了吧！”许树强感慨道。

我很好奇“国家政府高级专员”是干什么、怎么干的。

许树强笑言：“西装革履者干的活你要干，扛枪举刀的事你也得干！到了疫区，你可能是专家，更多的时候应该是战斗员。”

许树强说，他见这三个疫情严重的国家总统时，说：“我就是宣传员，宣传在疫区那么严重的情况下，要有序地处理疫情，就得靠‘人民战争’，要消灭肆无忌惮的‘埃博拉’也要运用‘人民战争’……”

许树强比画着向异国总统解释。

科罗马总统听了中国专员的话，若有所思地问：“‘人民战争’？毛主席的？”

“对对，就是毛主席的‘人民战争’的那个意思！”许树强的眼睛一下放光。

“人民战争”的“中国理念”确实由于中国医疗队和中国专家的

“导入”，从抗击“埃博拉”一开始，就发挥了作用。比如他们为了防止全民性的疫情传播，采纳了我们中国式的“闭户日”，这很管用。比如，在之后的数个月里，在中国医疗队和专家们的指导下，塞拉利昂、利比里亚等派出大批受过训练的专业人士到广大的乡村去普及预防“埃博拉”的知识，为彻底阻击疫情的泛滥起了决定性的作用。

这中间，中国医疗队的作用与贡献是唯一的和最大的，“人民战争”的理念与战略战术是中国共产党人发明的，它也是中国医疗队和中国专家在非洲“埃博拉”疫情泛滥时，帮助和带领非洲人民自觉行动起来，抵御“埃博拉”袭击、遏制疫魔猖獗的有力武器——

徐峰，中国第三批赴塞拉利昂的医疗队队员、浙医二院感染科教授。我采访他时他已经回国近一年半，但这位激情澎湃的年轻教授心头依然牵挂着“遥远的非洲”……

“塞拉利昂卫生部门现在还会经常把当地的一些‘埃博拉’等热带传染病资料发到我邮箱，我也会经常回复他们，给予一些建议。”在徐峰看来，这一封封穿越八个时区的邮件，是他个人，也是我们中国医疗队专家对非洲人民的一份份惦念和友情。

作为我国派出的专门为塞拉利昂等国抗击“埃博拉”疫情、帮助当地民众普及专业知识的专家队员，徐峰在塞拉利昂最艰苦边远的地区工作了两个多月，而那里正是“埃博拉”疫情的重灾区。

2015 年 1 月 27 日，徐峰随队飞往塞拉利昂。虽然之前心里有所准备，但等到他接受任务到了那个国度的乡村培训点驻地后，才真正体会到什么是“非洲”，什么是“贫穷落后”。

“当你睡在没有灯、没有网络、没有电的野外帐篷里，顶着 40 来度气温，一边还要不停地驱赶蚊虫、比手掌还要大的蜘蛛和蜥蜴时，你想哭都没人听，想说也白搭。只有独自坚守方能支撑着。”徐峰说，“最要命的是你得时刻警惕‘埃博拉’病毒恶魔的随时进攻，那是半点马虎不得的……”

“一次，在对当地六家基层医疗卫生机构人员进行专项培训时，一名学员被发现是‘埃博拉’密切接触者，而在其被隔离之前，我们已经有了接触。”徐峰回忆起当时的情形，脸色仍然凝重，“当时医疗队同事们真的都捏了一把汗。因为我们知道，当地已经有 572 名防控一线工作人员感染了‘埃博拉’病毒，其中 443 人死亡了啊！你说吓不吓人！而且除了‘埃博拉’，还有疟疾、黄热病、拉沙热等急性传染病，哪一样病毒都会要你命的！”

“问题是，我们虽说是‘外国专家’，但其实既要在讲台上做指手画脚的老师，下来自己又得动手做饭吃，遇上患者你还得上手帮助治疗。那荒山野岭的地方，稍不谨慎，就会传染上什么病。极其恐怖，又无法避过这些，因为我们是到乡村为当地的民众普及预防‘埃博拉’知识的，不像在城里，有我们专门的工作大本营。边远落后的乡村可大不一样，想不出的难题都会冒出来。”

毛泽东说过，教育农民的问题是最大的问题。徐峰深有体会道：“毛主席他老人家太英明了！在中国是这样，在非洲更是如此。”

刚到乡村举办培训班，那些部落主尤其是土郎中们根本不相信徐峰他们的宣传，甚至根本不信有什么“埃博拉”。村里有人感染并死了后，他们依然我行我素，跳大神、嚼野草、抚摸尸体……后来死的人越来越多，人们纷纷逃跑，部落主们才开始害怕起来，土郎中再怎么跳神弄妖也没人听没人看了。徐峰等中国专家开设的预防“埃博拉”讲堂则有越来越多的当地百姓前来听课。

“对，洗手！天天要洗手，接触人后更要洗手。”徐峰说，“非洲人从来没有洗手的习惯，而为了让他们有这样一个简单的生活习惯，有一个正确的洗手方法，你可能要花几天的工夫，来回不停地示范。这就是我们在非洲乡村所做的许多事中的一小件事。”

一段时间，有个小男孩每天都出现在培训班上。这引起徐峰教授的注意。一问，原来孩子的家人都被“埃博拉”病毒害死了。作为孤儿的他，每天都用一种异样的眼神注视着徐峰，想寻找机会跟中国教授说说话。

机会来了。“小朋友，你好像要对我说什么是吧？”徐峰用英语问孩子。

小男孩点点头，一字一字地悄声问：“能带我到中国去吗？”

徐峰问：“为什么？”

“我想当医生……”孩子还没说完，眼里就溢出两行泪水。

徐峰教授被这孩子的一句话说得既心痛又难过，更多的却是责任。

洛克港是塞拉利昂北部的原始热带雨林地区，也是“埃博拉”病毒传染发病比较高的地方，严重时每天都有几十例患者增加。让民众行动起来，自己管理自己，共同抵御病毒恶魔的袭击是根本所在。徐峰他们的培训组在几十天时间里，不分白天黑夜地组织乡村民众培训，达1300多人次，指导完成69例“埃博拉”预警病例，确诊14例患者，为607例亲密接触者进行了合理的隔离处置，一改该地区疫情严重的局面。

“我T恤胸口上印着的那一面五星红旗，就是塞拉利昂人眼中最鲜艳的色彩和希望。”徐峰骄傲地说，“后来，我们每到一个地方，当地人都会友好地向我们伸出拇指，说，中国人，好样的！好样的！”

距离原定回国的日子只有几天了，有一天，队友李新旭博士在野外工作时突发高烧，头痛欲裂。“我不行了！可能……”李博士抱头痛苦地喃喃着。

要命的事竟然在队友身上发生了。徐峰简单给李博士诊断了一下，觉得很像“埃博拉”病毒感染病征。

绝不能马虎！

徐峰心急如焚，立即驾车载着李博士向最近的“埃博拉”诊疗点急驶而去。

这是一段长达六小时车程的路途。车上只有徐峰和李博士，又是在半夜。“当时我确实太紧张了，急得握方向盘的手心全是汗。开足马力，一心想的是早一刻把队友送到治疗地接受治疗……”徐峰说，“我跟李博士开始谁都不说话，后来他突然从后座上冲我说了一句：‘要是我真染上了“埃博拉”，那就成了西非感染“埃博拉”的第一个中国人了。徐峰教授你说是不是？’小李的这句话像尖刀似的刺在我心头。

我连说不会、不会、绝对不会的，可我心里真的害怕极了，怕我的队友真的会倒下……阿弥陀佛，六个小时后我们赶到‘埃博拉’诊疗点。给李博士一化验，是阴性。我当时就想跳起来大喊几声……但那个时候竟然双腿一软，一下瘫坐在地上。是太累、太紧张后的全身放松……”

“我们实实在在拯救了无数当地百姓，而我们自己又一个没少地回来了。这是值得骄傲的事。”徐峰一再这么说。

难道不是吗？

我们今天一直在讲“大国崛起”“大国形象”，其实真正的大国崛起和大国形象，并不是以一个国家自己的民众多富裕、军事实力有多强大来印证的，而往往是看你所承担的国际义务有多少，尤其是遇到了他国的、全球性的困难时，你这个国家是否真正出力，真正无私地援助了他国与世界。

西非地区惨遭“埃博拉”袭击的时候，中国人民和中国政府做了许多“第一”：在全世界第一次由国家元首致电相关三国总统慰问并宣布援助重大举措；第一次租用包机运输紧急援助物资，在他国建传染病诊疗中心；第一个整建制地派出军方医疗队；第一次援助一个地区性的灾难资金达七亿美元……一系列的“第一”叠加起了中国外交和大国形象。然而让非洲人民感受最直接和最深刻的是，一批又一批到处可见、战斗在“埃博拉”疫区的中国医疗队队员的身影。

许树强作为中国政府的高级专员，尽管他跟我讲的都是“鸡毛蒜皮”的小片段，但也足以证明一个大国专员的平民意识，以及勤恳、诚实与谦和的中国精神——

朱易村，是塞拉利昂首都弗里敦西区的一个村子，住着几千贫民。这个村子是造成首都弗里敦“埃博拉”暴发的重要传染源之一，曾一度被外界称为“死亡村”。

那天许树强专员乘车到了朱易村。随行的两名使馆参赞和一个护士长劝他不要轻易进村。许树强知道同事们担忧他感染上“埃博拉”。“放心，我们只要不被当地人接触身体，就没事。”许树强这么说着，就往村子里走。

当地的百姓从没见过中国人，突然见了许树强一行，格外热情地围了上来，尤其是那些孩子，纷纷向许树强伸手……“好可怜的孩子，都瘦成这个样了！”许树强一边看着身边一个个骨瘦如柴的孩子，一边将手伸进自己的口袋里。

“巧克力！我这里有几颗巧克力呵！”许树强高兴地将口袋里几颗准备肚子饿时充饥的巧克力撒向孩子们。

“许专员——你不能这样做呀！”一旁站着的两位参赞赶紧喊话，但为时已晚。

原以为几块巧克力可以让孩子们高兴一阵子的许树强，没有想到他这一撒，不仅引来了更多的孩子，连妇女和老人都冲他而来，将他团团围住，拼命地掏他衣服的上下口袋，摸遍他的全身……那情景让许树强没料到，更让随行的两名中国使馆参赞和医疗队的护士长急坏了：高级专家许树强太危险了！他全身都被“污染”了！

“快散开！散开——！”

好不容易许树强才从包围圈里“解放”出来。

“完了完了！”参赞和护士长大眼瞪小眼地看着一脸无奈的许大专员，心头不停地这样说。

“我们快回去吧，许专员！”女护士长恳求道。

“不行！”许树强严肃道，“还没进村就要走，这不是我们中国专家的作风……”话未落音，他竟然转身往村子里走去。

随行的两名参赞摇摇头，叹了一口气，只好随其而行。

这一天，中国高级专员在塞拉利昂最严重的“埃博拉”传染村巡察了几个小时，他深入农户，探望感染者的安置与治疗情况，与村民和当地议员座谈、商讨预防和应对“埃博拉”的方案。

夕阳西斜时，许树强拖着疲惫的身子和湿透的衣衫正要登车返回大本营，却被同行的两名参赞与护士长无情地拦住了：“对不起，你的身上已经污染了，不能这样上车！”

“这……”许树强惊愕地望着同事，不知如何是好。

“如果想回，就先把身上的衣服脱了，我们先给你全身消毒，尤其是衣服要消毒……”

许树强终于意识到自己今天到朱易村“访贫问苦”的过程确实有些“出格”了。他是国家派出的防治“埃博拉”的高级专员，又是中国公共卫生应急办主任，对同事所下的“命令”深知其意，便连连点头应允。

好一景呵：大路朝天，高热度的非洲暮阳下，堂堂中国高级专员，赤裸着身子，等待着衣服晾干……

“嘻嘻嘻……”蹲在车子后面的三位同行者窃窃私语道，“他大专家也有今天这么个狼狈相呵！”

“你——阁下到过那个朱易村？”几天后，科罗马总统在总统府见了许树强便惊诧地问。

“是的，我去了，而且与村里的村民做了深入的交谈与商讨，他们对我们提出的预防措施很赞同……”许树强告诉总统。

“你太了不起啦！这个村子我都没有去，你却勇敢地去了！”科罗马向许树强竖起大拇指，赞叹不绝道，“你们中国是我们真正的朋友，你们对我们的支持是真心的，我要向你们的习近平主席表示深深的感谢。”

也正是在总统科罗马的全力推进下，中国医疗队在塞拉利昂首都郊区的朱易村等社区，试点建立了传染病隔离区域，以村子为片区，以农户为单元，开展预防“埃博拉”传染的群防群治活动，结果收到了前所未有的效果。

“我们医疗队离开几个月后，朱易村等三个试点村都没有再发现一例新的‘埃博拉’感染者。这充分证明了公共卫生事故中的‘人民战争’这一‘中国理念’在非洲大地上获得了成效，扎下了根……”许树强将这一实践视为我们援助非洲抗击“埃博拉”战斗中最成功、最重要的收获。

是的，今天的中国，我们不仅需要在自己的国家里把自己的事情做好，还要在国际大舞台上表现出大国风范、大国情怀。

2014 年至 2015 年近一年的抗击“埃博拉”疫情战斗中，中国和中国医疗队在世界面前做得很出色。那场拯救了无数非洲人民生命的死亡征战很成功，也很精彩。

它将永远镌刻在世界文明史册里。